© 2021 Hrafnarson, Grimnir; O´Bain, Desiré
Herstellung und Verlag: BoD – Books on Demand, Norderstedt
ISBN: **9783752687231**
Cover: **iStock.com/ egal**

Chronik des Wanderers

Band 3

äuselnde Klänge drangen in seine Nachtruhe. Außerhalb der üblichen Gebetszeiten hellwach geworden, vermochte er nicht mehr einzuschlafen.

Wispern formte sich zu Klängen, denen die Struktur von Worten innewohnten. Schweißtropfen traten auf seine Stirn und dennoch blieb Heynrich mit geschlossenen Augen im Bett ruhend und lauschte. Sein Herz schlug ruhig und gleichmäßig, während sein Verstand hellwach das zu Hörende analysierte. Die Klänge wogen schwer, einem Nachtmahr gleich ruhte Gewicht auf seiner Brust, griff nach seinem Hals, bereit, ihm die Luft abzuschnüren.

„Faðir!"

Gemächlich schälten sich Wortfetzen aus dem Wispern, eine wohlvertraute Stimme ließ ihn die Augen öffnen. Gefangen zwischen Traum und Wachsein, vermeinte er, eine Gestalt wahrzunehmen, die mitten im dunklen Raum stand und ihm die Arme entgegenzustrecken.

„Faðir! Meja, hjálpa mér!"

Längst hatten sich die Augen an das Dämmerlicht gewöhnt, beobachtend betrachtete er den Schattenriss im Türrahmen. Gehüllt in ein weißes, langes Kleid und mit dunklen Haaren, die bis zur Taille reichten, stand sie da, streckte ihm bittend die Arme entgegen. „Rettet mich!", schwang darin mit.

Vor seinem inneren Auge erstand das Bildnis einer jungen Frau, deren trauriger Blick einem tiefen Ozean glich. Kornblumenblau feucht glänzend, blickte sie in Fernen, die nur sie selbst wahrzunehmen vermochte. Warm beleuchtete späte Herbstsonne die weite Ebene einer Heidelandschaft,

Lavendelblüten schenkten mit ihren sanften Farbtönen Beschaulichkeit und zarte Melancholie.

„Faðir!", riss es ihn aus den Gedanken.

Allzulange hielt es ihn nicht mehr im Bett. Unruhe verspürend, kleidete sich Heynrich an und verließ seine Kemenate, trat in den Innenhof und sog den Duft nach Regen in sich auf. In einer Handvoll Pfützen spiegelten sich Himmelslichter und erinnerte ihn an längst vergangene Tage.

Inmitten des gepflegten Klostergartens sorgte eine groß gewachsene Trauerweide mit ihrem ausladenden Blattwerk an heißen Sommertagen für schattenspendende Kühle. Allzu gerne nahmen die Klosterbrüder darunter Platz, nutzten die alte Steinbank für erquickliche Pausen und stille Gebete. Um diese Tageszeit schimmerten Sterne vom dunklen Firmament herab und gewährten Heynrich einen Blick in die Weite des Himmelszeltes.

Die Hände gefaltet, die Arme auf den Knien ruhend und leicht nach vorne gebeugt ließ er seine Gedanken kreisen und gewährte den Erinnerungen Raum.

onoton ratterten die Räder und trugen ihn hinaus ins Nirgendwo, wo sich Fuchs und Hase „Gute Nacht" zuriefen.

Dicht verborgen hinter hohen, alten Nadelbäumen schimmerte Dunkelheit, ließ Raum für düstere Erzählungen und Schattengespinster. Gemächlich ratterte der Zug vor sich hin. Tsch-tsch bewegten sich die Räder, gaben so manchen gequälten Laut von sich.

Über Stunden hinweg saß Heynrich auf der harten Holzbank. Kohlegeruch drang in seine Nase und ließ ihn lächeln, wann immer sein Blick auf den Brief in seiner Hand fiel. Verfasst in zarter Frauenschrift, hatte ihn der Empfang erfreut, das Lesen ihn veranlasst, die Koffer zu packen und dem Abt seine unmittelbare Abreise anzukündigen. Als Gast des Klosters stand es ihm frei, jederzeit zu gehen, wenngleich die Abruptheit für ein Stirnrunzeln seines Gastgebers gesorgt hatte.

Die meiste Zeit blickte er nachdenklich in die Natur hinaus, die in geruhsamen Tempo an ihm vorbeizog. Vor seinem inneren Auge erinnerte er sich gut jenes Kindes, das er vor vielen Jahren unter seine Fittiche genommen hatte.

„Vallory!"

Ihr wacher Verstand und klarer Geist weckte einst rasch sein Interesse. Binnen kürzester Zeit erlernte sie Lesen und Schreiben, sah immer wieder hoch zu ihm, wenn er neben ihr saß und kindliche Neugier in den kornblauen Augen erstrahlte. Manchmal strich er ihr über das Haupt und erfreute sich an ihrem Wissensdurst, nichtsahnend, was ihn Jahre später erwarten sollte.

Erst als sie zur Frau erblühte, trat er seinen Rückzug an, als ihm klar wurde, dass sie nicht länger seine Führung benötigte.

Während der Zug gemächlich vor sich hin ratterte und den Geruch verbrannter Kohle mit sich trug, sah er immer wieder auf das Papier in seiner Hand und fragte sich, was geschehen war. Auf das Göttliche und sich selbst vertrauend rief sie nicht leichtfertig um Hilfe. Zwischen den Zeilen schwang Verzweiflung mit, die er sich noch nicht zu erklären vermochte.

Nach langen Stunden der Reise begrüßte ihn ein beschauliches Nest, das kaum mehr denn eine Durchzugsstation für viele Reisende darstellte. Kaum den Zug verlassend, krochen Kühle und leichter Nieselregen unter seine Kleidung.

Aus dem Schatten einer Überdachung trat ein junger, gelangweilt wirkender Bursche hervor, tippte an seinen Strohhut und deutete eine überzeichnete Verbeugung an, bevor er grinsend den Strohhalm aus dem Mund nahm und damit zu einem einfachen Wagen wies. Ohne auch nur ein Wort zu verlieren ging er an Heynrich vorbei, tätschelte das vorgespannte Pferd und wartete, bis sein Gast neben ihm Platz nahm.

Mit Pferden wusste der Bursche umzugehen, eine kleine Geste mit dem Zügel und das Tier tat, was ihm befohlen wurde.

Als er für einen Moment zurückblickte, sah Heynrich ein windschiefes Hüttchen mit moosbedecktem Dach, das den Ankommenden als Wetterschutz dienen sollte, zog die Schultern hoch und zog seinen Umhängemantel enger um sich.

Für einen Wimpernschlag schien ihm, als stünde die Gestalt einer zierlichen, jungen Frau davor, das helle Kleid in leichtem Wind wehend. Im nächsten Augenblick ward sie entschwunden während die Sterne nur noch die Bahnstation beleuchteten.

Die Fahrt auf dem kleinen Gespann, wo sonst Heu und anderes landwirtschaftliches Gut transportiert wurde, ging schweigend vonstatten. Es roch nach Regen und trockener Erde, nach Schafen und alten Tagen. In der Ferne verklang Geheul, das von einem Wolf ebenso wie von einem Hirtenhund stammen mochte und sich nicht unterscheiden ließ.

Querfeldein schien ihm die Reise zu gehen, manchmal holpernd dann wieder auf flachen Wegen dauerte es, bis sie vor einem alten Gemäuer eintrafen.
Hell und klar schimmerten die Himmelsgestirne auf ihn herab und beleuchteten den schmalen Weg zur Eingangspforte. Schweigend hockte der Bursche neben ihm, machte keine Anstalten seinem Fahrgast beim Absteigen zu helfen.
Erst, als Heynrich festen Boden unter den Füßen hatte und nach seiner Tasche greifen wollte, packte der Kutscher diese und reichte sie ihm, bevor er das Pferd erneut antrieb und von dannen zog.

Manchmal wirkte die wortkarge Art der ländlichen Bevölkerung auf ihn nahezu erfrischend. Der Tumult vieler Menschen lenkte allzuleicht ab, wo Stille und Ruhe dabei halfen, sich zu konzentrieren. Abgeschieden vom Lärm größerer Städte würde er mit der gebotenen Neugier seinem Patenkind wohlwollend beiseitestehen.

Längst lag nächtliche Dunkelheit einem Schatten gleich über dem Land, durchbrochen lediglich vom hellen Sternenlicht. Die Mauern des Gebäudes schimmerten heller, dezenter

Lichtschein drang aus einem der Fenster hervor und hieß ihn willkommen.

Leise aufseufzend nahm er die wenigen Schlammspritzer wahr, die die Fahrt auf seiner dunklen Soutane hinterlassen hatte und blickte für einen Moment zum Firmament. Erst danach trat er zur Pforte und griff nach dem metallenen Türklopfer. Kräftig klopfte er damit gegen die Tür und wartete.

Binnen weniger Augenblicke schwang die Pforte leise knarrend nach innen auf. Eine Gestalt, mehr als einen Kopf kleiner als er, blickte von unten zu ihm hinauf.

„Vater?"

Leicht ungläubiges Staunen schwang in der Stimme mit und wandelte sich in helle Freude. Bereits als Kind war es ihr oft schwergefallen, Emotionen und Gefühle für sich im Herzen zu bewahren - Segen wie Fluch. Bis jetzt gelang es ihr nicht.

„Vallory!"

Sanftmut schwang in diesem Namen mit. Als er sie einst unter seine Fittiche nahm, hatte er sie gemocht, ihr voll Freude beim Älterwerden zugesehen und wie sie ihre Talente im Lauf der Zeit entfaltete. Lächelnd sah er sie nun an, wie sie vor ihm stand und ihr Glück ihn zu sehen, kaum zu zügeln vermochte.

„Bitte, tretet doch ein!"

Allzu gerne folgte Heynrich der Aufforderung, pfiff doch der Wind stärker werdend mit klammen Fingern um seine kräftige Gestalt und begann damit an seiner Soutane zu zerren. Ihm die Pforte öffnend, trat sie beiseite. Deutlich war ihr anzumerken, dass sie ihm liebend gern um den Hals fallen wollte, gleichwohl sich dies für eine erwachsene Frau nicht mehr schickte. Damals eine Selbstverständlichkeit hatten sich die Dinge längst gewandelt und hießen ihr sichtlich schwerfallend, dem Impuls zu widerstehen.

„Vater, es tut gut, Euch wiederzusehen. Bitte, wenn Ihr mir folgen wollt!?"

Wo die Eingangshalle unterkühlt nahezu abwesend wirkte, strahlte ihm aus ihren Augen Wärme entgegen. Mit angedeutetem Kopfnicken und einer dezenten Geste bedeutete sie ihm, ihr zu folgen.

Auf den ersten Blick hatte sie sich kaum verändert, das ährenblonde Haar hochgesteckt, schmiegte sich ihr helles, mit wenigen Spitzen verziertes Kleid an ihre schlanke Figur und schwang bei ihren Bewegungen kaum wahrnehmbar mit. Bequemlichkeit und Beweglichkeit schien ihr nach wie vor, wichtiger zu sein, als das Wahrnehmen der mitunter allzu strengen Konventionen.

Den dahinter liegenden Raum dominierte ein einfacher Kamin. Prasselndes Feuer strahlte Behaglichkeit aus und schenkte den kühl gewordenen Gliedern Wärme.

„Bitte, nehmt Platz. Möchtet Ihr Tee?"
„Gerne, mein Kind!"

Während sie nach der Kanne griff, in der frisch bereiteter Tee sachte vor sich hin dampfte, stellte er seine Tasche zu Boden, schlüpfte aus dem staubig gewordenen Umhängemantel und hängte diesen über die Lehne des Ohrensessels, den er als Sitzplatz für sich auserkoren hatte. Vor ihm schien der Stuhl besetzt gewesen zu sein. Ein dickes, in Leder gebundenes Buch lag darauf, Verzierungen prägten den Umschlag. Als Heynrich den Band in die Hände nahm und aufschlug, entdeckte er darin Zeichnungen von Blättern und Blüten, sowie die jeweiligen Namen der abgebildeten Pflanzen.

Lächelnd schlug er den Band zu, erinnerte sich daran, dass Vallory bereits als Kind an diesen Themen interessiert gewesen war, stellte das Buch zu den anderen über dem Kamin und ließ seinen Blick durch den Raum schweifen. Gemütlich und behaglich lud das Zimmer zum Verweilen ein.

„Vater, Euer Tee!"

Nickend nahm er die Tasse entgegen und setzte sich.

„Ich vermisse ein Kreuz, mein Kind!"
„Ach Vater, ist der Herr nicht in unser aller Herzen?"

Kaum wahrnehmbar hoben sich ihre Mundwinkel nach oben, während sie sich, mit einer weiteren Tasse auf den Sessel ihm gegenüber setzte und ihn mit einem Ausdruck in den Augen ansah, der in ihm die Neugier erweckte. Entspannt nahm sie ihm gegenüber Platz und sah ihn an.

Für einen Moment verspürte er den Impuls, sie im Arm zu halten, es war schön eine geschätzte Seele wieder zu sehen. Ein Impuls, sie als die Frau zu behandeln, zu der sie erblüht war, ließ ihn seine Gedanken genauer betrachten. Verwundert ob dieses winzigen Funkens hielt er inne. Weder der Umstand, dass sie zu einer jungen Frau gereift, noch dass sie einst sein Patenkind gewesen war, trugen diesem Funken Rechnung. Etwas anderes ruhte darin, etwas, das sich noch nicht zu offenbaren gewillt war.

„Es ist lange her! Seit Tagen wartete Mattheus auf Euer Eintreffen!"

„Der Kutscher?"

„Ja. Eigentlich ist er kein richtiger Kutscher. Er erledigt verschiedene Botenfahrten und vieles mehr für unser Haus."

„Er ..."

„Er spricht nie viel, schweigsamer Geselle, aber verlässlich."

„Gut. Nun erzähle, mein Kind, wie ist es dir ergangen?"

„Gute Frage."

Vallory schloss die Augen, hielt inne, bevor sie antwortete.

„Das Leben hier ist ruhig und beschaulich. Wir leben großteils von unseren Tieren. Als Kind war alles so schwierig, doch hier hat das Überleben etwas anderes, weniger Gefahr von menschlicher Seite als vielmehr von ... anderen Dingen."

„Die da wären?"

„Lange Nächte schlagen vielen aufs Gemüt und unser Pfarrer kann mit meinen Themen nicht sonderlich viel anfangen!"

„Du philosophierst immer noch gerne?"

Glockenhell auflachend sah sie ihn wieder an.

„Natürlich, es hält den Geist bei klarem Verstand!"

Pure Lebenslust schimmerte in einem winzigen Funken durch, bevor sie wieder ernst wurde.

„Vater, ich bat Euch her, weil ich das Gefühl hatte, dass es wichtig sei."

„Viel war im Brief nicht drinnen."

„Nein, natürlich nicht. Kennt Ihr die Umstände, unter denen man als Kind der Straße heranwächst, dann werdet ihr vorsichtig. Für vieles gibt es auch gar keine Erklärung, es beruht auf einem Gefühl, das Ihr nicht mit Worten fassen könnt und doch spürt Ihr, dass da etwas ist, das Gefahr für Euch bedeutet und ..."

Mitten im Satz unterbrechend, erhob sich Vallory und blickte zum Türrahmen, wo ein älterer Mann eintrat. Seinen dunklen Vollbart und seine Haare durchzogen Silberfäden. Ein rostbraunes Tuch wand sich locker um seinen Hals und in den Händen trug er Papiere, auf die er unverwandt zu starren schien. Erst nach einigen Schritten wurde er der anderen Anwesenden im Raum gewahr und sah hoch.

„Aha, ist das dein Gast, Liebling?"
„Ja, das ist Bruder Heynrich, Oury."
„Na meinetwegen, wenn es dir hilft. Aber kommt mir nicht in die Quere!"

Ohne ein weiteres Wort zu verlieren, senkte er den Kopf und schlenderte gedankenversunken in das angrenzende Nebenzimmer, wo er sorgsam die Tür hinter sich verschloss.

„Er hat viel zu tun", meinte Vallory mit einem leisen Anflug von Traurigkeit in der Stimme und wirkte, als würde sie in die Ferne blicken. Leichtes Zittern ließ sich nicht unterdrücken, als sie ihre Tasse Tee absetzte.

„Vielleicht sollte ich Euch Euer Zimmer zeigen! Morgen ist auch noch ein Tag."

Heynrich nickte. Nach seinem Umhängemantel greifend, bedeutete sie ihm, ihr zu folgen. Mit der Tasche in der Hand befand er sich bald schon in einem schlichten, geschmackvoll eingerichteten Raum. Neben dem Fenster stand ein Holzbett, darauf einfaches Bettzeug mit einer hübsch gearbeiteten Flickendecke aus Stoffresten. Das ganze Zimmer wirkte luftig und sauber und roch nach etwas, das er nicht zuordnen konnte, bis er einen Bund getrockneter Blüten von der Decke hängen sah. Neben einem alten Kasten gab es noch einen Tisch und einen Stuhl, über dessen Lehne sie den Mantel legte, bevor sie die Kerze am Tisch entzündete.

„Wenn Ihr noch etwas benötigt, Vater, ...“
„Nein, mein Kind, ich komme zurecht!“

Vallory wollte noch etwas erwidern, schloss dann jedoch den Mund und drehte sich Richtung Tür.

„Wenn Euch nach Speis und Trank ist ...“
„Es ist gut, mein Kind, ich werde mich zu vermelden wissen.“

Kaum, dass sie den Raum verlassen hatte, stellte Heynrich seine Tasche auf den Tisch und bemerkte auch hier das Fehlen eines Kreuzes. In sich hinein horchend beschloss er fürs Erste, die Zeit zu nutzen und zu ruhen, war doch längst seine gewohnte Ruhestunde herbeigeeilt. Vor dem Fenster schwebten sachte Flocken herab und woben eine weiße Decke aus Schnee. Schweigend sah Heynrich diesem Treiben eine Weile zu, es beruhigte aufgebrachte Gemüter und entzückte das Herz.

Er pustete die Flamme der Kerze aus und bereitete sich auf die Ruhephase vor. Selbst ihn hatte die Reise angestrengt und erschöpft. Vor dem Übergang ins Träumen sprach er ein stilles Gebet, schloss die Augen und ließ sich vom Schlaf übermannen. Wie so oft, wenn sein innerer Alarm schrillte, unterbrach auch dieses Mal seine Ruhezeit. Als er begriff, dass der Schlaf ihn erneut zu fliehen schien, erhob er sich aus dem Bett, schlug die Decke beiseite, sprach ein kurzes Gebet, bevor er sich ankleidete und den Raum verließ.

Das ganze Gebäude schien zu ruhen, wirkte friedlich und still, über allem lag ein Hauch des kommenden Winters. Es zog ihn hinaus in die Kälte, als riefe jemand nach ihm. Windstill und eisig kalt war es geworden, sodass er über seinen dicken Umhängemantel aus Filz nicht unglücklich war. Sachte schloss er hinter sich die Pforte.

Vor ihm lag eine friedliche Fläche aus Weiß, sanftes Sternenlicht schimmerte von oben herab und zauberte Glitzer auf die Schneedecke vor ihm.

Gemächlich schritt er voran, über das niedrige Gras hinweg, das sich immer wieder durch die Schneedecke brach, einem Pfad folgend, den er darunter erspähte. Leise knirschte es unter seinen Füßen, es roch nach Kälte.

Verschlungen führte der Weg leicht abwärts, an einem alten, knorrigen Baum vorbei. Im Wind wippte daran eine Schaukel, die wohl für ein Kind gedacht war. Erst, als sich der Pfad an diesem Baum vorbeiwand, gabelte er sich. Heynrich schlenderte gemütlich weiter, bis er vor einem kleinen Teich stand.

Schimmernd spiegelten sich einzelne Himmelslichter in der Wasseroberfläche, leichter Dunst lag auf ihr. Etwas griff nach seinem Herzen, das sofort wieder entschwand, ihn jedoch alarmierte. Diesen kleinen Stich kannte er, hatte ihn schon einmal erlebt, ein Funke, der zu einem Flächenbrand zu werden drohte, wenn er es nicht schaffte, ihm Einhalt zu gebieten.

Bescheiden blieb Heynrich vor der Wasserfläche stehen, leichter Wind zerrte an seinem Umhängemantel und der Soutane, beobachtend, wie die Schneeflocken die Wasseroberfläche berührten und darin versanken. Die Hände zum Gebet gefaltet, ließ er den Blick schweifen, betrachtete die glitzernden Flocken, die an ihm vorbei segelten und die Schilfstellen, die wie kleine Inseln wirkten. Ein Schwan löste sich aus einer der Schilfinseln und brachte ihn zum Lächeln, ein gutes Zeichen, wie er befand.

Dunkel schimmerte ihm das Wasser entgegen, leise und sacht glitzernd. In die Hocke gehend, beugte er sich nach vor, bis seine rechte Hand die Kühle spürte. Mit geschlossenen Augen blieb er für den Hauch einer Ewigkeit kniend, bevor er sich wieder erhob und zur Mitte des Gewässers blickte – der Schwan war weg.

Überlegend, ob er den Teich umrunden sollte, entschied er sich dagegen, lautlos drangen Worte aus seinem Mund, die eines Gebets würdig sein mochten. Weiß schien der Atem vor seinem Mund zu stehen. Undefinierbar legte sich ein ganz eigener Gesichtsausdruck über sein Antlitz und erschien wie eine Mischung aus Lächeln, Frieden und Ahnung. Sein Blick schweifte herum, bevor er den Weg zurück antrat.

Sachte raschelte das Schilf hinter ihm, hieß ihn zu bleiben. Kühl pfiff der Wind ihm um die Nase und schenkte ihm eisige Spitzen auf der freien Haut. Kälte begann an ihm zu nagen und immer mehr Schneeflocken tanzten um ihn herum.

Als er erneut unter die Decke kroch, schlief er wie ein Stein, tiefer und erholsamer als zuvor, bis ihn die Morgensonne an der Nase kitzelte und ihn aufweckte. Vom nächtlichen Schneetreiben waren nur wenige weiße Stellen verblieben. Weitaus mehr bedeckten der Morgenfrost und die Eisblumen am Fenster zauberten selten gesehene Schönheit auf die Glasscheiben.

ängst hatte er sich geziemend gekleidet und das Morgengebet gesprochen, bereit in den Tag zu starten, als es an der Tür klopfte.

„Ja?"

Sachte schwang diese auf und eine ältere, hagere Frau steckte ihren Kopf zur Tür herein.

„Wünscht Ihr zu speisen, Pfaffe?"

Heynrich nickte und überging den Unterton in ihrer Stimme. Sein Magen ließ sich deutlich vernehmen, Essen konnte er gut gebrauchen.

„Folgt mir, bitte!"

Bald roch er warmen Porridge, es duftete nach Kräutern und verschiedensten Kochgerüchen, als sie ihn voran in eine gut gewärmte Kammer geleitete.

„Nehmt doch Platz!"

Kaum betrat er den Raum, fiel ihm Vallory beinahe um den Hals, drückte sich kurz an ihn, sodass er ihre Jugend riechen konnte. Peinlich berührt ließ sie ihn mit hochrotem Kopf augenblicklich wieder los und griff nach seinen Händen, sah ihn mit strahlenden Augen an.

„Entschuldigt Vater, das war unangebracht, ich bin nicht mehr ..."

Statt der erwarteten Rüge, lachte Heynrich nur.

„Kein Problem, mein Kind, dein Herz ..."

Ihr zartes Gesicht lief puterrot an, sie setzte sich und griff nach ihrem Porridge, den sie größtenteils bereits verzehrt hatte. Heynrich kam es vor, als würde die Alte im Hintergrund leise kichern, während sie sein Frühstück zusammenstellte und ihm ebenso eine Schüssel hinstellte. Ein einfaches Gericht, mit getrockneten Früchten obenauf, dampfte ihm entgegen und wartete darauf mit dem darin steckenden Löffel verspeist zu werden.

„Esst, solange es warm ist!"

Die Alte wischte sich die Hände an ihrer karierten Schürze ab und verließ den Raum, schloss hinter sich die Tür.

„Vater, es tut mir leid, dass ich ..."
„Mein Kind, es ist das Herz, das dich leitet. Du warst früher schon recht überschwänglich, bist es immer noch, doch sag mir, was bedrückt dich wirklich?"

Unter ihr Kinn greifend, hob er ihren Kopf, sodass sie ihm wieder in die Augen sehen konnte und sah Erstaunen in ihnen.

„Ihr seht so jung aus wie vor all den Jahren! Wie macht Ihr das?"
„Göttliches Wollen, mein Kind, göttliches Wollen!"

Etwas in ihren Augen verriet ihm, dass auch in ihrem Herzen weibliches Verlangen steckte, ein Funke, der ihr gewahrte, in ihm mehr, als nur den Gottesmann zu sehen. Und er lächelte. Kaum eine Frau, bei der ihm dies nicht aufgefallen wäre. Schweigen folgte. Wie es in ihrem Inneren aussah, das konnte er sich nur zu gut vorstellen. Zum einen, da er sie von früher her kannte, zum anderen, weil viele Frauen in ähnlicher Weise auf ihn reagierten.

Bald schon waren der Brei und die frische Milch, die die Alte ihnen beiden hingestellt hatte, geleert. Vallory begann das Schweigen selbst unangenehm zu werden, während Heynrich mehr Geduld mit sich brachte. So stand sie auf, stellte Schüsseln und Becher beiseite und deutete in Richtung Tür.

„Wollt Ihr mir folgen? Ich möchte Euch etwas zeigen!"
„Gerne, mein Kind!"

In der Eingangshalle griff sie nach ihrem roten Mantel und reichte ihm seinen Umhängemantel. Nach wie vor war es draußen frisch, es roch nach Schnee und verbranntem Holz. Strahlendes Sonnenlicht begrüßte sie, schien wärmend auf die beiden herab. Die Wärme tat ihnen beiden gut. Als sie ihn dieses Mal anlächelte, sah er wieder die Unschuld eines Kindes in ihr, wie damals vor all den Jahren.

Geschmolzene Schneeflocken hatten zu ihren Füßen feuchten Boden hinterlassen. Als sie nach draußen traten, unter dem Vordach hervor lugten, traf sie strahlendes Sonnenlicht wie ein gleißend heller Lichtstrahl, wie es manchmal auf Gemälden zu sehen war. Ihm voran hinterließen ihre Fußspuren in den raureifüberzogenen Gräsern Abdrücke. Seine nächtlichen Schritte hatten längst ungezählte Schneeflocken überdeckt. Gemächlich folgte er Vallory, bis sie sich zu ihm umdrehte.

„Vater?"

Im hellen Tageslicht wirkte sie zerbrechlicher als einst und doch wie jene erblühte Blume, als die er sie vor Jahren bereits wahrgenommen hatte. Gleichzeitig lag auf ihr ein Schatten, umhüllte sie, fraß ihr Glück und bereitete ihr Kummer. Es schien, als wäre er gerade zur rechten Zeit eingetroffen. Scheu breitete sie den rechten Arm aus, deutete den schmalen Pfad hinab und ging ihm erneut voran. Längst hatte sich der Wind gelegt, nur der Morgenfrost legte sich kalt auf ihre Nasenspitzen.

Im hellen Morgenlicht wirkte der See friedlich, mitten drin schwammen zwei Schwäne und ignorierten die Zweibeiner vor sich. Aus ihren Bewegungen lösten sich leichte Wellen, und verteilten sich auf der ansonsten ruhigen Wasseroberfläche.

Ein paar Schritte vom See entfernt blieb Vallory stehen, senkte das Haupt und hob die Arme vor das Antlitz. Kaum wahrnehmbar bebten ihre Schultern. Sie weinte still und duldsam, behielt den Schmerz für sich. Heynrich wartete, bis sie sich soweit fühlte und zu ihm umdrehte. Feucht schimmerten ihre Augen, selbst das leichte Wegwischen der Tränen vermochte ihr Weinen nicht gänzlich zu kaschieren. Hinter den Tränen spürte er den Wunsch, von ihm gehalten zu werden.

„Was bedrückt dich, Tochter?"

Wie lange sie auch in seine haselnussbraunen Augen blicken mochte, so gelang es ihr doch nicht die Frage zu beantworten. Erneut drehte sie sich von ihm weg, sah hinaus in Richtung See. Die Worte, ihr Schrei nach Hilfe, lagen ihr auf der Zunge und doch konnte sie diese nicht aussprechen. Wie lange hatte sie darum gerungen, ihm zu schreiben, und nun war sie sprachlos.

„Ich ..."

Mehr brachte sie nicht über die Lippen, fühlte sich schwach und hilflos. Je genauer er sie ansah, umso deutlicher fiel ihre Körpersprache auf. Wie leicht ihre Schultern bebten, kaum wahrnehmbar, leicht zitternd nur, unsicher, wie sie vor ihm stand, darauf wartend, dass er etwas unternahm.

Sachte legte er ihr die Hand auf die linke Schulter und bedeutete ihr, sich zu ihm umzudrehen und ihn anzusehen. Ihre rechte Hand griff nach der seinen und legte ihre auf seinen Brustkorb, innerlich erschauernd. Ein Beben ging durch ihren Leib, seinen Blick suchend wirkte sie geschockt, als hätte sie etwas wahrgenommen, das nicht für Ihr Herz bestimmt war. Klüger schien ihm, sie erneut auf das Hier und Jetzt zu konzentrieren und griff nach ihrer Hand.

„Mein Kind, was es auch ist, das dich bedrückt, ich bin hier um dir zu helfen. Vertraust du mir?"
„Ja! Ja, das tue ich, Vater!"
„Gut!"

Heynrich ließ ihre Hand los und strich ihr über die Stirn.

„Mein Kind, ..."

Lächelnd sah er sie an, weniger der guten Laune wegen, als vielmehr ihre Tränen zu trocknen.

„Gut! Sieh hinaus auf die Wasseroberfläche und betrachte, was du siehst. Oberflächlich ist es ein Teich, doch du siehst nicht, was darunter ist."
„Nein, das ist wahr!"
„Gut. Dann komm!"

Mit wenigen Schritten stand er vor dem Gewässer, reichte ihr die Hand und lud sie ein, ihm zu folgen. Vor der Wasseroberfläche blieb er stehen, darauf wartend, bis sie zu ihm aufschloss. Kleiner als er, hob er ihren Kopf, sah ihr direkt in die kornblumenblauen Augen, in denen feine Sprenkel tanzten. Konzentriert betrachtete er sie wie ein Lehrer seinen Schüler. Steingrau schimmerten seine Augen, die sonst im sanften Haselnussbraun leuchteten, und brachte manches Gegenüber mit diesem Blick zum Schwitzen und Zittern. Bei

Vallory hingegen suchte er ähnliche Anzeichen vergebens und löste den körperlichen Kontakt zu ihr.

Er schlüpfte aus den Schuhen und setzte vorsichtig den rechten Fuß auf die hauchdünne Eisschicht am Rande des Sees. Leise knackste das Eis, als er mit seinem Gewicht darauf trat und den linken Fuß nachzog. Bittere Kälte suchte sich an ihn zu klammern, während die Eisscheiben in die Mitte des Gewässers trieben. Niederkniend berührte er mit den Händen die eisige Oberfläche, allzu gut erinnerte er sich an einstige Jugendtage, als er mit nackten Oberkörper Eisfischen war.

Gezielt griff er hinab und langte nach einem kleinen, abgeschliffenen Stein, der kaum die Größe einer Öre hatte. Ihn holte er aus dem Wasser, streifte ihn am Ärmel ab und hob ihn hoch in Richtung Firmament.

Einem kleinen Stück Lavagestein ähnlich, fielen die Kanten sanft aus. Porös und in dunklerem Grau gehalten, wirkte er zerbrechlich. Zugleich wirkte er, als sei er unter dem Hammer eines Schmiedes zurechtgeklopft worden, der Hauch einer Esse lag darin. Er hob den Stein hinauf zum Himmelsgestirn, als wolle er der Sonne zunicken, bevor er ihn in seine Tasche steckte.

Wenige Schritte trennten ihn vom Ufer, mit dem Brocken in der Tasche kehrte er zurück, schlüpfte in sein Schuhwerk und sah Vallory an, die schweigend und leicht melancholisch in Gedanken versunken auf ihn wartete. Einst hatte er ihren hellen Verstand geschätzt, doch jetzt wirkte er, als sei er hinter einem Schleier gefangen, in dessen Falten sich leicht verstricken ließ.

Kaum bei ihr angelangt, griff er nach ihrer linken Hand, drehte diese mit der Handfläche nach oben, zog den Stein hervor und legte ihn in ihre Hand, bevor er ihre Finger darum schloss.

„Mein Kind, bewahre diesen Stein gut auf. Spüre nach der Wärme in ihm. Keinen Kummer mehr! Und jetzt komm!"

Heynrich bedeutete Vallory, die Zeit für den Rückweg war gekommen, reichte ihr die Hand, in die sie die ihre legte und ihn scheu anblickte. Wie schüchtern sie geworden war, seit er sie zuletzt gesehen hatte. Viel war vom quirligen Geschöpf von einst nicht verblieben.

Mit sachten Schritten ging sie an seiner Seite, blickte eher zu Boden, als vorwärts. Heynrich hingegen behielt das ganze Umfeld im Auge und vermeinte hinter einigen Büschen einen Schatten wahrzunehmen. Sah er genauer hin, nicht nur aus den Augenwinkeln, war es nicht mehr als „nur" das Gebüsch, in dem sich kleine Vögel nach Futter umsahen.

Erst, als sie bei den Mauern des Hauses angelangt waren, ließ er ihre Hand los.

„Mein Kind, du hast doch sicher Tee im Hause, bereitest du welchen zu?"

Nickend wollte sie ihren Mantel schon aufhängen, als er nach diesem griff und sie fast schon verscheuchte. Er musste nachdenken, hängte ihrer beider Mäntel an die Haken und betrat den Raum mit dem Kamin. Längst war das Feuer darin erloschen, selbst die Glut hatte sich abgekühlt. Sonnenlicht schien durch das hohe Fenster herein und ließ die dunkelroten Vorhänge in besonderem Licht erstrahlen. Nach wie vor lag der Geruch von verbranntem Holz in der Luft.

Heynrich setzte sich in einen der Stühle und wartete, Zeit um nachzudenken, bis Vallory mit einem Tablett eintrat. Zwei Becher und eine große, silberfarbene Kanne aus der es dampfte, standen darauf.

„Vater, wünscht Ihr etwas dazu? Gebäck vielleicht?"

Er schüttelte lediglich den Kopf und bedeutete ihr, sich zu setzen. Folgsam tat sie wie geheißen und wollte schon den Tee einschenken, als Heynrich seine linke Hand auf die ihre legte.

„Setz dich, Kind!"

Gehorsam folgend nahm sie Platz und griff dabei nach dem Stein, den sie die ganze Zeit über bei sich getragen hatte.

„Wie konntet Ihr den finden? Das ist ungewöhnlich, solche Steine gibt es hier sonst nirgends."
„Ich weiß!"

Auf seine Lippen legte sich verschmitztes Lächeln, jenes Lächeln, das Frauen anzog und Männern mitunter riet ihm aus dem Weg zu gehen.

„Trage ihn bei dir, er wird dir helfen, dich zu konzentrieren, wenn du wieder abschweifst, dich düstere Gedanken quälen oder ..."
„Vater, ich trage doch mein Kreuz!" Und deutete auf das Kreuz, das sie offen über der Kleidung trug. Undefinierbares lag in den Augen des Geistlichen, als er erst den Anhänger und dann sie ansah.

„Du glaubst nicht! Nicht mehr!"
„Doch, natürlich glaube ich!"
„Im Äußeren vielleicht ... im Inneren jedoch hegst du Zweifel."

„Vater, wie könnt Ihr das nur sagen!"

„Glaubst du, ich kenne dich nicht, mein Kind? Ich kenne dich sogar sehr gut, kenne dein Herz. Einst warst du lebendig doch heute – sieh dich an!"

Tränen traten in ihre Augen, ließen sie feuchter schimmern als zuvor. Allzu deutlich war ihr anzusehen, wie sie damit kämpfte, den Drang zu weinen zu beherrschen.

„Trage den Stein bei dir!", meinte er sanft und griff nach der Kanne um beiden einzuschenken.

„Mein Kind, wir haben alle unser Kreuz zu tragen und selbst der Herr erfuhr Zweifel im Glauben. Dass dir dies widerfährt, ist keine Schande. Dich aufzugeben jedoch ..."

Mit der freien Hand griff er nach der Hand, in der sie den Stein hielt und drückte die Finger fester um den Stein.

„Ist es so wichtig für dich, dich dogmatisch an Regeln zu halten oder erbittest du meine Hilfe?"

Staunen trat in ihr Antlitz, Verwirrung zeichnete ihr Gesicht und sie verstand den Sinn seiner Worte nicht, also ließ sie ihr Herz sprechen.

„Vater, ich erbat Eure Hilfe, indem ich Euch schrieb und ich bitte auch jetzt um Eure Unterstützung."

Ohne nach der angebotenen Tasse Tee zu greifen, kniete sich die junge Frau vor ihm nieder, drückte den Stein an sich und sah ihn von unten her an.

„Ich bitte Euch, helft mir!"

Mehr zu sagen war nicht nötig, also schwieg sie und wartete.

„Mein Kind, vertraust du mir?"
„Bedingungslos, Vater!"
„Dann erhebe dich, ich werde dir helfen!"

Als sie ihn von unten ansah, bleich und verstört, reichte er ihr seine Hand, auf die sie sich stützen konnte. Folgsam tat sie wie ihr geheißen und stand vor ihm.

„Vater, ich vertraue Euch mein Leben an!"

Hier war seine Hilfe willkommen und erwünscht. In Gedanken strich er ihr über die linke Wange, sah dabei, wie sie ihre Augen schloss und ihr diese Berührung tief ins Mark fuhr – einer kleinen „Geste" gleich, die sie gerne als Bestätigung ihrer Worte auffasste.

„Kind, setz dich und erzähle. Um helfen zu können, muss ich wissen, warum du mich herbatest!"

Schweigend griff sie nach dem Tee, nahm Platz und sah ihn mit verwunderten Augen an, bis sie wieder klar genug für eine Antwort war.

„Willst du ihn mit deinen kindischen Geschichten langweilen?"

Aus ihrer Konzentration gerissen merkte Vallory erst jetzt, dass ihr Gatte eingetreten war und sich ebenfalls am Tee bediente. Ourys Stimme trug eine Mischung aus süffisant und erschöpft, als wäre er der ganzen Sache längst leid.

„Ah, gut, das Wasser ist noch heiß ... Wo ist eigentlich ..."
„Sie ist bei ihren Kindern im Dorf, das weißt du doch!"

Melancholie klang in ihren Worten durch, als sie erst ihn und dann wieder den Geistlichen ansah, wie dieser ihren Blick erwiderte.

„Verzeiht, doch ich bin hier, um zu helfen. Doch dazu muss ich wissen, welche Hilfe benötigt wird!"

Heynrich stellte seinen Tee beiseite und drehte sich zu Oury.

„Vielleicht wollt Ihr ein wenig Licht in die Sache bringen?"

Woraufhin Heynrich nur bitteres Lachen erntete – und Schweigen von beiden Seiten. Oury trat ans Fenster, blickte hinaus, lediglich das Schlagen einer alten Standuhr unterbrach die unangenehm werdende Stille. Allzu lange dauerte es nicht, bis der Hausherr seinen Tee ausgetrunken hatte und seinen Becher auf das Tablett stellte.

„Bringt sie mir auf keine blöden Ideen. Sie ist durcheinander, ein verwirrtes Wesen, aber ich liebe sie!"

Nahezu zärtlich strich er ihr über das Haar, sah den Geistlichen mit gestrengem Blick an und entschwand aus dem Raum. Heynrich war ihr leichtes Zittern der Hände nicht entgangen.

„Vallory, sieh mich an!"

Folgsam hob sie das Haupt und blickte in die gleichen haselnussbraunen Augen, die sie als Kind so gemocht hatte.

„Was ist los, mein Kind!"
„Er ... es ist ..."
„Atme tief durch und sprich!"
„Ich weiß auch nicht, was mit mir los ist. Seit Wochen, vielleicht seit Monaten ... kurze Zeit, nachdem ich hierher kam,

fingen meine Schlafprobleme an. Manchmal scheint mir, als wolle dieses verfluchte Haus mich loswerden, dann wieder fängt es mich freundlich ein und scheint mich willkommen zu heißen. Es ist …"

„Liegt es daran, dass du jetzt auf dem Lande lebst?"

„Nein, das ist es nicht. Ich war auch als Kind bei den Schwestern im Klostern am Lande. Dort liebte ich die Natur, die Freiheit und die Sicherheit, die ich in der Stadt nicht hatte …"

Wie aufs Stichwort rumpelte und rumorte es außerhalb des Zimmers, sodass Heynrich überrascht eine Braue hochzog und Vallory gleichzeitig hochschreckte und erstarrte. Im Moment noch konnte er sich keinen Reim darauf machen, ein reiner Umzug aufs Land war jedoch selten ein Problem. Hier musste etwas anderes der auslösende Faktor gewesen sein. Ruhig erhob er sich und trat zur Türe. Als er sie öffnete und hinaus sah, war es vorerst still, bis Rascheln erklang.

„Nein! Bitte …"

Ehe er es sich versah, stand Vallory neben ihm und legte ihre Hand auf die seine.

„Nein, es ist nichts!"

Verwundert drehte er sich zu seiner Patentochter um, die ihn bittend ansah und die Tür schloss.

„Nein, das ist nichts!"
„Was meinst du, Kind?"
„Das kommt aus dem Keller, es rumort manchmal dort unten."
„Wie das?"
„Ich weiß es nicht, aber manchmal erklingt es dort so. Bitte!"

Resignation stand in ihren Augen und schien sich in jeder Faser ihres Körpers festzusaugen.

„Tochter, was auch immer hier vor sich geht, wir werden das Rätsel lösen!"
„Wovor hast du Angst?" Dachte er sich und öffnete erneut die Türe, er spürte, wie unausgewogen es in diesen Mauern zuging.

 esorgt betrachtete der Mann mit den Silberfäden an den Schläfen die Papiere in seiner Hand. Sein Vermögen war in den letzten Jahren geschrumpft, geringer geworden, dennoch machte ihm dies kaum Sorgen, noch gereichte sein Wohlstand auf viele Jahre hinweg.

Lehnte sich im Sessel zurück, legte die Papiere auf den Tisch zurück und erhob sich. Er trat an das Fenster und blickte hinaus auf die dünne Schneeschicht. Seine Gedanken kreisten darum, wie er seine wirtschaftliche Situation zu halten vermochte, neue Geschäftsbande aufbauen konnte. War es an der Zeit Verbesserungen und Veränderungen an seinem Familiensitz vorzunehmen? Doch all dies sollte nicht die Sorge seiner Liebsten sein. Der sich anbahnende Winter würde sie wirtschaftlich fordern.

Sein Blick nach draußen fiel auf eine winterstille, ruhige Landschaft, schneebedeckte Äste, Vögel, die zwischen den kahlen Zweigen hindurch flogen und vereinzelte Windstöße, die Ästchen aneinander klatschte und die Schneeflocken herab rieseln ließ.

Es machte ihm das Leben nicht einfach, wenn er an Vallory dachte. Jahr für Jahr erlosch ihr Lebenswille mehr, wurde sie blasser und bleicher, doch wie sollte ihr alter Beichtvater ihr helfen können, wo schon andere gescheitert waren? Oury drehte sich um, wollte nach seinem Gast suchen, als es an der Tür klopfte und ebendieser eintrat.

„Nehmt Platz! Ich wollte ohnehin nach Euch rufen."

Heynrich nickte und nahm auf jenem Stuhl Platz, den ihm Oury als Sitzplatz anbot.

„Meine Frau wollte Euch unbedingt sehen, fühlt Ihr Euch wohl?"

„Gewiss, habt Dank für Eure Gastfreundschaft. Vallory ..."

„Sie erzählte, dass Ihr sie von der Straße aufgelesen habt, Ihr schreiben und lesen lehrtet und sie dann bei Nonnen unterbrachtet. Wann immer sie von Euch sprach, tat sie dies, mit Freude in den Augen! Was jedoch hat Euch bewogen Ihrer Einladung zu folgen?"

„Wenn um Hilfe gebeten wird, warum sollte diese verwehrt werden?"

Oury zuckte mit den Schultern.

„Auch gut. Sie meinte, sie wollte mit Euch unbedingt etwas besprechen. Warum auch nicht? Wir haben hier nur sehr selten Gäste! Ich muss die nächsten Tage nach London, ein paar Geschäfte abschließen. Vielleicht ist es eine ganz gute Idee, dass Ihr hier seid und ihr Gesellschaft leistet."

„Ich verstehe, mein Sohn. Wünscht Ihr denn, dass ich bis zu Eurer Rückkehr bleibe?"

„Warum eigentlich nicht? Vielleicht könnt Ihr meiner Frau ja ein paar ihrer kruden Ideen austreiben."

„Wovon sprecht Ihr?"

„Sie behauptet, es spuke hier. So ein Humbug. Die Mauern sind alt und knarren bisweilen. Die Wände knirschen, das Holz ist alt – aber das liegt am Alter des Gemäuers. Es spukt hier nicht. Auch wenn sie es glaubt. Meine Mutter hätte ihr nie ..."

Er unterbrach sich.

„... in unserem Gemäuer, so sagt eine alte Legende, ginge eine weiße Frau um, doch warum sehe ich sie dann nicht? Wir leben in modernen Zeiten, für Spuk und Geister ist kein Platz mehr. Treibt ihr doch den Blödsinn aus, wenn Ihr könnt, ich hab es nicht vermocht, weder mit Güte noch mit Strenge! Sie ist ein stures Weibsstück, aber ich liebe sie. Macht mir keinen

Unsinn, sondern redet ihr zu. Sie muss endlich den Kopf aus den Wolken nehmen und zu klarem Verstand kommen!"

Heynrich sah Oury an, musterte den Mann mit den grauen Schläfen. Sein rostrotes Halstuch, das er um den Hals trug, gab ihm eine väterliche Note. Die Sorge in seinem Inneren trat in seine Augen.

„Ich werde sehen, was ich für Vallory tun kann. Nur manchmal stecken die Dinge in Details, die wir auf den ersten Blick nicht verstehen."
„Wenn es nötig sein sollte ..."

Er stand auf, verließ für einen Moment den Raum und kehrte mit einer kurzen Gerte zurück, die er Heynrich in die Hand drückte.

„Ich reise bald ab, wollte es ihr nur schonend beibringen. Wenn es nötig ist, dann züchtigt sie!"
„Ist es wirklich notwendig?"

Der Blick, den ihm Oury zuwarf, war seltsam, der Ausdruck in seinen Augen klar und deutlich, bestimmt, als er zögerte die Gerte anzunehmen.

„Ja. Ihr seid ein Geistlicher und manchmal ist es nötig einer Frau zu zeigen, wo ihr Platz ist."
„Hm ... ich denke nicht, dass es nötig sein wird!"
„Wartet ab! Ich dachte dies zu Beginn unserer Ehe ebenso."

In genau diesem Moment öffnete sich die Tür und Vallory trat ein.

„Oury, könntest du ...?"

Erbleichend sah sie die beiden Männer einander gegenüberstehen und Heynrich die Gerte in der Hand haltend. Langsam begann sie zu schwanken, griff nach der Tür und sank zu Boden. Schneller als Oury war Heynrich bei ihr und hob sie hoch, bettete die junge Frau auf eine Bank am Rande des Raumes.

„Daran gewöhnt Ihr Euch besser, das wird schlimmer seit einiger Zeit. Ich möchte einfach nur die Frau zurück, die ich geheiratet habe!"

Verbitterung lag in Ourys Stimme, als hätte er längst aufgeben. Heynrichs Antlitz überzog für einen winzigen Moment ein Schatten, entschwand wieder und sah den Hausherrn dann an:

„Ich werde sehen, was ich tun kann!"
„Versucht Euer Glück!"

Heynrich warf einen Blick zu Vallory, im Moment war sie hier gut aufgehoben. Er musste nachdenken, ging zurück zum Teekessel und schenkte sich vom noch heißen Getränk nach. Die Wärme würde ihm guttun und Ruhe schenken.

Nachdenklich betrachtete er die Gerte in seiner Hand. Manch einem war ein Züchtigungsmittel wie dieses tatsächlich ersehnte Hilfe, hier hegte er jedoch Zweifel, ob dies ebenso auf Vallory zutraf. Abgenutztes Leder zeugte von regelmäßigem Gebrauch, biegsam wie ein junger Haselnussstrauch pfiff die Gerte, als er sie mehrmals durch die Luft zog.

Lange und ruhig betrachtete er die Gerte in seiner Hand, bis er einige eingetrocknete Blutspritzer entdeckte. Heynrichs Augen verdüsterten sich, er schüttelte den Kopf und beschloss, dass er sie nicht einsetzen würde.

Entschlossen brachte er sie zu Oury zurück, warf einen Blick zur immer noch schlafenden Vallory und drückte dem Hausherrn die Gerte wieder in die Hand.

„Ihr solltet sie verbrennen!"

Erstaunt blieb Oury mit der Gerte in der Hand stehen, mit halb geöffnetem Mund und sah Heynrich nach, wie dieser die Tür hinter sich schloss.

 narrend ächzten ausgetretene, altersschwache Holzdielen unter seinen Füßen. Über ihnen lagen alte Teppiche, die selbst schon weitaus bessere Tage gesehen hatten. Wind pfiff durch Ritzen, Wind, der sich wie Stimmen anhörte und ihm von besseren Tagen zu erzählen schien.

Hielt er inne, dann schwieg der Wind. Aus einem der Zimmer erklang das Dröhnen einer Standuhr. Während er durch das Haus wandelte, vernahm er manchmal ein Wispern aus den verschiedensten Ecken. Worte, wie aus einer anderen Sphäre.

Auf den ersten Blick ähnelte das Gemäuer beinahe einem Labyrinth, ineinander verschlungen und blieb doch überschaubar. Bald fand sich Heynrich erneut zurück im Eingangsbereich. Sein Herz schlug schneller, ein untrügliches Anzeichen dafür, dass etwas nicht stimmte. Auf den zweiten Blick entdeckte er eine Abzweigung vor einer schmalen Nische, kaum wahrnehmbar, unscheinbar und wie hinter einem Schatten verborgen.

Darin stand eine kleine Frauenstatue. Als er sie berühren wollte, zog er augenblicklich die Hand zurück, fühlend, dass es keine gute Idee gewesen wäre. Ihre hell bemalten Augen schienen in Flammen zu stehen und ihn abzulehnen.
Einer Marienstatue mit wallendem, blauem Kleid und etwas in Armen haltend, stand sie stumm in der Nische. Zu ihren Füßen lagen kleine Steinchen, auf den ersten Blick nichts Wertvolles und doch mussten sie wichtig sein, für denjenigen, der sie an diesen Platz gelegt hatte.

Heynrich zog die rechte Braue nach oben und seine Hand zurück. Nein. Er respektierte diese Geste und schenkte der Statue ein wohlwollendes Lächeln, als wäre sie Beschützerin des Hauses. Als er sich davon zurückzog, ging eine warme Woge durch seinen Leib.

„Amüsant!", dachte er bei sich und verließ den Platz bei der Nische, als wäre nichts gewesen, schlenderte gemächlich den Gang entlang, betrachtete die Gemälde, welche die Wände zierten. Wie so häufig in alten Gemäuern fanden sich verschiedene Porträts mit ausdrucksleeren Augen, vereinzelt hingen Landschaftsgemälde dazwischen und einige schön gewirkte Wandteppich ergänzten und gaben dem Ganzen einen wohnlicheren Schliff.

Alt war das Gemäuer in der Tat, älter als manche Klöster, in denen er bisweilen zu Gast war.

Eines der Gemälde weckte sein Interesse, eine Jagdszene mit altem Baum mit ausladenden, schattenspendenden Ästen, den Gutteil des Bildes dominierend. Rechterhand wuchsen Büsche, durch das ein Hirsch, ein altes Tier mit ausladendem Geweih preschte und dem Betrachter bedenklich nahezukommen schien. Im Hintergrund huschten Schemen, menschenähnlicher Gestalten, dem Tier nach. Als er Vallorys Stimme vernahm, riss es ihn wie aus einem Schlaf heraus.

„Vater, möchtet Ihr essen kommen?"

Heynrich riss sich vom Gemälde los, es weckte eine Erinnerung in ihm, die er tief in sich begraben hatte und die ihm immer wieder entschwand, kaum, dass er danach greifen wollte. Schweigend folgte er seiner Patentochter in den Speiseraum, wo eine alte Standuhr die Mittagsstunde verkündete. Sein leicht knurrender Magen verhieß Vorfreude auf die baldigen Speisen. Duft nach Fisch und frisch gebackenem Brot stieg ihm in die Nase.

Vallory zog einen der Stühle vom Tisch zurück und bedeutete dem Geistlichen, er möge sich setzen. Als sie Heynrich aus einer Karaffe Wein einschenken wollte, legte dieser eine Hand über das Glas.

„Wasser ist besser, Tochter!"

Erstaunt nahm sie seine Worte zur Kenntnis, erfüllte jedoch den Wunsch. Frisches Quellwasser füllte sein Glas, der Geschmack erfrischte seine Kehle und ließ ihn dankend das Glas heben.

Herrlicher Duft nach frischer Speise drang aus dem Nebenraum. Geschirr klapperte. Wenige Augenblicke später trat aus dem Nebenraum selbige ältliche Frau mit grauem Haarknoten und einem Schultertuch aus grauer Wolle herein, die ihn bereits zum Frühstück gebeten hatte. Die erdfarbene Schürze um ihre Hüften hielt den sonst weit schwingenden Rock beieinander.
Ein größeres Tablett in Händen haltend, stellte sie dieses auf den Esstisch, vorsichtig dabei, nicht das aufgelegte Tischtuch zu bekleckern.

„Oury? Könntest du bitte?"

In Gedanken vertieft merkte der Hausherr nicht, wie seine Gattin ihn ansprach. Erst, als sie neben ihm stand und eine Hand auf die Papiere vor ihm legte, sah er hoch, seufzte auf und schob die Unterlagen beiseite. Hunger war zwar der beste Koch, allerdings vergaß Oury ihn häufig genug um, wenn er sich seinen Aufgaben widmete.

Vallory reichte beiden Männern Brotscheiben zur Fischsuppe. Gemüsebrocken schwammen darin und die klare Brühe verströmte satten Geruch.

„Hab Dank!"
„Braucht Ihr mich noch?"

„Nein, vielen Dank!"

Kopfnicken andeutend wischte sich die Alte ihre Hände an der Schürze ab und zog sich zurück, im Nebenraum wartend, ob sie noch gebraucht werden würde. Zwischenzeitlich war von dort Klappern zu vernehmen, als ob sie aufräumte.

„Lasst uns für Speis und Trank danken!"

Heynrich faltete die Hände in einer für ihn typischen Weise, schloss die Augen und murmelte leise in sich hinein, sprach Worte, die weder Vallory noch Oury verstanden, bis er aufsah, die beiden anblickte und auf die Speisen am Tisch deutete.

Noch war die Suppe zu heiß, um sie selbst zu verzehren, was ihn nicht davon abhielt das Brot einzutauchen. Vom Kochen verstand die Alte viel, kräftig wie eine dicke Hühnerbrühe trug sie samtenes Empfinden über den Gaumen mit ihrer Wärme in den Magen. Einen weiteren Gang würde es nicht brauchen.

„Wollt Ihr uns nicht ein wenig davon erzählen, was in der Welt so vor sich geht?"

Dezentes Lächeln trat auf Heynrichs Gesicht, die Neugier der Menschen war nachvollziehbar. So erzählte er von seinem letzten Aufenthalt im Kloster Arnstein, wo ihn Vallorys Brief erreicht hatte, berichtete von Alltäglichkeiten auf den Märkten größerer Städte und gab die eine oder andere Anekdote von sich.

Während er sprach, knisterte verbrennendes Holz im Kamin vor sich hin und erwärmte den Raum. Dieser Geruch, egal wo er sich aufhielt, trug stets Erinnerungen mit sich. Vereinzelt gab Oury Kommentare dazu ab, während Vallory langsam immer weniger zuhörte, als verweilte ihr Geist längst an einem anderen Ort.

„Vallory? Erinnerst du dich an ...“

Weitere Worte entschwanden im Nichts, von ihr nicht mehr wahrgenommen. Heynrich unterbrach sich, warf seiner Patentochter einen Blick zu, die an ihm vorbei starrte.

„Vallory?“

Erst als Heynrich seine Hand auf die ihre legte, kehrte schlagartig die Lebendigkeit in ihre Augen zurück. Als sie nach seiner Hand greifen wollte, zog er diese aus ihrem Griff zurück.

„Kind?“
„Es geht mir gut, Vater. Ich ...“

Sich erhebend, floh Vallory regelrecht aus dem Esszimmer.

„Seht aus dem Fenster!“

Heynrich folgte der Aufforderung, drehte sich dazu auf seinem Stuhl und sah hinaus. Frost hielt auch den Tag im Griff. Vallory stand, in ihren Wollmantel gehüllt, auf der Wiese, hatte ihre rechte Hand an den alten, knarrigen Baum gelehnt und mit der linken ein großes Dreieckstuch um ihre Schultern geschlungen.

„Ihr seht, was ich meinte? Das ist nicht mehr die Frau, die ich heiratete.“
„Ja, ich sehe es. Wohin ....“
„Wohin sie meistens geht, hinauf in den Hain. Was sie daran findet, dort oben in der Wildnis zu sein, ich versteh es nicht.“
„Seid Ihr ihr dahin schon mal gefolgt?“
„Sie will da oben alleine sein.“
„Seid Ihr ihr gefolgt?“

„Ja, einmal, sie sitzt nur da und starrt zwischen die Bäume."
„Ich verstehe!"

Nachdenklich betrachtete er die draußen Stehende und erhob sich. Wie sie, holte auch er sich seinen wärmenden Mantel und folgte ihr ins Freie.

Oury blieb zurück, spürte, er wollte helfen, doch seine Mittel und sein Wissen waren längst erschöpft. In seinem Arbeitszimmer betete er wortlos für seine Frau und fragte sich ... wann hatte das alles nur begonnen.

Während die Alte im Esszimmer dastand und ein undefinierbares Lächeln trug.

chweigend folgte Heynrich den Fußspuren seines Patenkindes einen kleinen Hügel hinauf. Bald befand er sich vor einer kleinen Lichtung, kaum größer als die Kapelle in seinem letzten Kloster.

Still stand sie vor einem Vorsprung, der ihr gerade bis zur Brust gereichte. Wurzeln traten daraus hervor und Astranken hingen von oben herab. Spitzen von bunten Blättern durchbrachen die Schneedecke. Über allem lag eine dünne Schneeschicht und schenkte dem Ganzen märchenhaften Zauber.

Ihr Atem ging gleichmäßig, trat weiß aus dem Mund hervor. Vor der Erhebung stehend, hielt sie die Hände gefaltet und das Haupt gesenkt. Schweigend blieb Heynrich am Rande der Lichtung stehen.

„Warum seid Ihr mir gefolgt?"

Erst in diesem Moment drehe sie sich um, betrachtete Heynrich von oben bis unten. Strähnen hingen aus ihrem zuvor so sorgfältig hochfrisiertem Haar, ihr Oberteil etwas weiter geöffnet, als sie es sonst trug, weit genug, als dass er es für sie stimmig erachtete. Wo bei anderen Frauen derartige Offenherzigkeit normal sein mochte, so doch nicht bei Vallory.

„Bedecke dich wieder, Kind!"

Verwirrt stand sie vor ihm, fuhr sich mehrmals durch ihr Haar und wusste nicht, was sie antworten sollte. Stumm trat er zu ihr, zog ihr den Mantel zu und das Umhängetuch tiefer und ließ sie wieder los.

„Ein wunderschöner Flecken Erde, du kommst gern hierher?"

Erneut wirkte Vallory, als würde sie durch ihn hindurch sehen, drehte sich wieder in Richtung Erdwand.

„Vater, wie Ihr sagt, es ist ein friedlicher, schöner Flecken, und doch ... Ihr müßt wissen, ich bin gern hier, sehr gerne, es lenkt mich ab von all den Sorgen, die das Haus mir aufbürdet. Dann komme ich hierher, bringe Geschenke mit und bete, so, wie es mich gelehrt wurde!"

Dabei deutete sie auf den Hügel vor sich. Heynrich trat näher heran, entdeckte unter den herabhängenden Ästen ein schlichtes Holzkreuz. Er zog die Äste beiseite und betrachtete es genauer. Sein Blick fiel auf den Platz dahinter. In die Knie gehend, erkannte er eine schmale Vertiefung im Erdwall. Wurzelwerk hinter dem Kreuz verbarg eine ausgewaschene Nische. Vorsichtig griff er danach, wischte Blätter und dünne Zweige beiseite und wurde einer handlichen Statue gewahr, die den kleinen Raum ausfüllte.

Erst wollte er danach greifen und ließ es doch bleiben. So wie sie in der Nische stand und welkes Blattwerk sie umgab, hätte er genausogut einen Stern vom Himmel holen können, ebenso sinnlos wirkte dies auf ihn. Mit leicht schräg geneigtem Haupt sah er genauer hin und erkannte, dass die Statue Teil der Wurzeln eines der Bäume auf der Anhöhe war.

Wahrlich wunderlich wirkte dieser Platz auf ihn. Sich erhebend, erkannte Heynrich, dass Vallory zwar nichts über die Bedeutung solcher Flecken wusste, aber im Inneren fühlte. Vorsichtig löste er die dünnen Zweiglein, dass diese ihren ursprünglichen Platz wieder einnehmen konnten. Am Ende der Lichtung wartete Vallory sitzend auf einer schmalen Holzbank. Moos hatte das Holz längst erobert und bot dem Sitzenden ein weiches Ruhekissen.

„Tochter, so zu beten lehrte ich dich nicht. Wer brachte dir dies bei?"

Anstelle einer Antwort lächelte sie, als trüge sie ein Geheimnis in sich, das sie selbst ihm nicht preisgeben wollte. Sie faltete die Hände in ihrem Schoß und sah ihn an.

„Nein, Vater, Ihr habt mich dies nicht gelehrt, mein Herz hingegen ... schon!"

Entrückt blickte sie an ihm vorbei hin zum kleinen Holzkreuz, das wieder von dünnen Ästchen und Efeuranken überwuchert den Gezeiten der Natur standhielt. Lautlos formten ihre Lippen Worte, unsichtbar und unhörbar.

„Tochter, sieh mich an! Du batest mich hierher und läufst jetzt davon. Erzähl mir, wie geht es dir wirklich?"

Wieder wanderte ihr Blick in weite Ferne, an einen Ort, wo sich niemand außer ihr selbst Zugang verschaffen mochte.

„Im Grunde könnte ich nicht klagen. Ich habe hier ein recht gutes Leben, leide keinen Hunger und bekomme Zuwendung und doch ..."
„Lass dir Zeit, ... was bedrückt dich?"
„Bei seinem Antrag meinte Oury, man sähe die Hand eines guten Hirten über mir ruhen, jenes Menschen, der mich erzogen hat ... aber auch das gute Herz, das diese Familie bräuchte."

Für einen Moment legte sie ihre Hand auf die seine und sah ihn an, bevor sie sie wieder zurückzog. Jener gute Hirte, von dem sie sprach, gab sie ihm zu verstehen, war er selbst.

„Kind, selbst die beste Hand, die einen anderen lehrt und führt, kann wenig dran ändern, wenn der andere dies nicht will. Doch erzähle, was hat dich veranlasst, mir zu schreiben?"

„Ich dachte – wenn ich ehrlich bin – seit langer Zeit nicht mehr an Euch. Es gab viel zu viel zu tun und überhaupt ließen die neuen Umstände nur wenig Zeit. Seit einiger Zeit jedoch nehme ich Dinge wahr, die seltsam sind, ich kann sie nicht erklären. Manches in diesem Haus ist mir unbegreiflich. Ihr selbst lehrtet mich, dass es nötig ist, auf seinen Bauch zu hören. Das tat ich, darum schrieb ich Euch."

„Gibt es einen konkreten Anlaß?"

„Das ist schwierig. Wenn Ihr mich so direkt fragt, nein. Es ist etwas, das man sieht, wenn man aus den Augenwinkeln hinsieht, und wirft man den Blick hin, dann ist es weg. Man kann nichts sehen, wenn man es direkt ansieht, nicht die Stühle, die vor einem Augenblick noch anders standen, oder die Blumen, die schlagartig verwelken ... aber wenn man den Augenwinkel heranzieht, dann sieht man etwas huschen ... ich kann es nicht erklären, Vater. Aber es ist etwas, das mich Euch rufen ließ."

Vallorys Blick ging wieder in weite Ferne, sie zog ihr Tuch stärker um sich, als friere sie und ihr Gesicht nahm ein undefinierbarer Ausdruck an.

„Vater, das Seltsame daran ist, dass ich manchmal das Gefühl bekomme, als wäre da noch etwas, das das andere überlagert. Etwas, das man nicht hören noch sehen kann und doch spürt man, es ist da. Würde ich Euch sagen, hinter Euch stünde ein Verstorbener, so könntet Ihr mich auslachen und für verrückt halten, oder Ihr könntet mir glauben und es vielleicht gar selbst spüren. Und doch könntet Ihr den Unterschied nicht sehen."

Trauer erfüllte ihre Augen, den Blick zu Boden senkend gab sie Heynrich das Gefühl, sich für ihre Gedanken zu schämen.

Früher hätte er sie dafür in die Arme genommen, doch jetzt spürte er eine alte Stärke in ihr, die dies unnötig machte. Erneut kehrte sie zum Erdhang zurück, wandte dem Geistlichen den Rücken zu und senkte ihr Haupt in Demut vor dem Erdwall.

Seit er sie kannte, war sie immer schon anders gewesen, ruhiger und in sich gekehrter mit einem Herz aus Gold. Manchmal hatte er bei ihr den Eindruck gehabt, als wäre sie in der Lage Dinge wahrzunehmen, die dem Normalsterblichen verborgen blieb.

Was sie bedrückte wog schwer auf ihrer Seele. Sie würde sich ihm selbst öffnen müssen, nur so vermochte die Wahrheit aus ihrem Herzen zu strömen. Für einen winzigen Moment war er geneigt, sie an der Schulter zu halten, ihr Beben damit zu beruhigen, und hielt doch inne.
Erst, als sie selbst vom Erdwall zurücktrat und sich zu ihm umdrehte, wo er der Tränen in ihren Augen gewahr wurde, da atmete sie tief ein und wischte sich über ihr Gesicht.

„Es ist schon gut, Vater. Der Flecken hier hat mir immer wieder geholfen. Ich kann ihn nur nicht mit ins Haus nehmen!"

Leicht wankend kam sie ihm entgegen, bis er ihre Körperwärme beinahe spüren konnte und den Duft ihrer Haare roch. Erschöpfung stand ihr ins Gesicht geschrieben und ließ sie vor ihm zu Boden sinken. Ihre Augen hatten eisblaue Farbe angenommen und trugen eine Kälte mit sich, die selbst ihm in die Knochen fuhr.

„Oir varu meja!"

Nach seinen kräftigen Armen greifend, sank sie vor ihm zu Boden. Das Kommende spürend, griff er nach ihren Armen und hielt sie fest, bevor sie auf dem Erdboden aufschlug. Im

Moment der Berührung fühlte er selbst einen eisigen Hauch sein Ich streifen, ihn damit alarmieren. Sachte trug er sie zur Bank zurück und legte sie auf das weiche Moosbett, ehe er sich dem Erdhang erneut widmete.

Feuchtes Gras zu seinen Füßen und die alten Blätter in der Nische rochen nach Leben und Kraft. Zur linken Seite wuchs ein kleineres Stückchen Nadelwald, durchsetzt mit einzelnen Büschen und Blättern. Zur rechten Seite verschwand ein schmaler Pfad hinter dem Hügel und über allem thronte mächtig der alte knorrige Baum, dessen Wurzeln sich vor die Statue gelegt hatten. Zu diesen Wurzeln trat er heran, ging vor ihr auf die Knie und streckte seine Hand zur Figur aus, ohne sie zu berühren.

„Moira, Fey Yu mea. Achwe sa Mi – achwe sa mi."

Sein Griff umfasste eine der dicken Wurzeln des Baumes. Bei der Berührung schloss er die Augen und hielt inne, nach der Verbindung zwischen sich und seinem Umfeld suchend. Lauschend. Zuhörend. Fühlend. Erinnerungen wahrnehmend.

Feuer prasselte inmitten der Nacht. Von oben erstrahlten die Sterne in seltener Klarheit, der Mond war näher als üblich und blieb doch in weiter Ferne. Eingehüllt in einen safrangelben Mantel schien er freundlich gesonnen auf das Paar herab, das eng umschlungen auf dem Boden lag. Unter ihnen eine wollene Decke, ein Umhang, der sie vor der Kühle schützen sollte.

Noch spürten sie das Beben der Lust, die sie zuvor erfahren hatten. Eng umschlungen lag das Paar auf der Decke, den Nachklang des Geschehenen genießend. Ihre langen Haare schimmerten im Feuerschein. Strich ihm über das Gesicht und drückte sich an ihn, ihr rechtes Bein angewinkelt über seinem Geschlecht, das zuvor stark und kräftig in ihr sein Werk vollbracht hatte. Sanfter als zuvor im Sog der Leidenschaft, drückte sie ihre Lippen auf die seinen zu einem sich vereinenden Kuss. Erneut umfasste er sie, ließ sie das Anschwellen seines Geschlechts ein weiteres Mal fühlen.

Sachte löste sie sich von seinen Lippen, lächelte ihn an und fühlte sich wohl und geborgen, von seinen kräftigen Armen gehalten, legte ihr Haupt auf seine Brust, seinen Herzschlag fühlend.

Ihre wallende Mähne bedeckte einen Gutteil ihrer beider Körper, sodass der kühle Atemhauch der Natur sie nicht vollends zum Frieren brachte. Es war noch frisch, eine junge Zeit, in der die Sonne noch nicht ihre endgültige Kraft erlangt hatte, ein Moment im Jahreszyklus, der unendliche Möglichkeiten des Lebens schenkte.

In diesem Augenblick bot sich der absolute Frieden in ihren Seelen, schenkte Verbundenheit zu allem Leben in seiner reinsten und klarsten Fülle. Viele suchten ihn, doch nur die Wenigsten vermochten ihn zu finden.

Sie seine Körperwärme spüren lassend, zog er sie an sich und flüsterte ihr Worte ins Ohr, deren Klang sie nicht verstand, deren Bedeutung sie jedoch deutlich wahrnahm. Diese Bedeutung ließ sie erschauern, brachte sie vor Wonne zum Beben. Glückseligkeit durchströmte ihr Herz und ihr Ich, diese Vereinigung mit ihm wollte sie nie mehr missen.

Zeit spielte keine Rolle, war Unendlichkeit und doch nicht mehr als ein Wimpernschlag. Das entzündete Feuer brannte gemächlich herab, bis nur noch leichtes Glimmen und Glosen in dunklem Rot schimmerte. Erst jetzt hielten sie sich ruhig in den Armen, die Augen geschlossen und den Körper und Geist des anderen zufrieden fühlend – schweigend.

In diese friedvolle Stille platzte eine laute, kräftige Männerstimme hindurch: „Miriam!"

Erschrocken fuhr die junge Frau hoch, der Frieden in ihrem Inneren entschwand, griff nach ihren Kleidern und schlüpfte in ihr leinenes Unterkleid.

„Er darf dich nicht bei mir sehen. Bitte, geh!"
„Warte!"

Nach ihrer Schulter greifend, entzog sie sich ihm und dem Zauber, den er in ihr entfacht hatte. Angst trat in ihre Augen und ließ ihren Körper zittern und erbeben.

„Nein, er wird dich umbringen, wenn er dich sieht!" Innehaltend kniete sie sich neben ihn und legte die linke Hand auf seine Wange. „Ich will nicht, daß er dir etwas zuleide tut – ich ..." – und fügte in Gedanken „liebe dich" hinzu. Es war nicht der Moment für diese Worte. Sie auszusprechen war nicht notwendig, denn auch ihm lagen sie auf der Zunge. Erneut fanden ihre Lippen zueinander. Als sie sich voneinander lösten, flammte es Giftgelb in seinen Augen auf, drückte ihren Kopf noch einmal fest an seine Brust und entschwand im Unterholz.

„Miriam, was tust du hier draußen? Es ist mitten in der Nacht, Liebes!"

Mit großen Augen sah sie den jungen Burschen an, der ihr ein dickes Wolltuch reichte und sie darin einzuwickeln begann.

49

„Du sollst doch nicht rausgehen um diese Zeit, Liebes, es ist kalt!"

Besorgt erklang ein Unterton von Vorwurf durch seine Stimme. Machte er sich Sorgen um sie? Ohne noch etwas zu sagen, packte er ihr linkes Handgelenk und zog sie mit sich Richtung Haus. Hinter ihm mehr stolpernd als gehend, lag ein Lächeln auf ihren Lippen und sie vermeinte nach wie vor jene Berührung zu fühlen und roch noch immer den Geruch ihres Gespielen.

Ein Nachbeben des Geschehenen, ein lustvolles Empfinden, das ihn traf, ließ ihn erstaunt innehalten. Heynrich hockte nach wie vor bei der kleinen Statue und spürte, wie die Lust auch ihn berührte, ein Empfinden, das er selbst in dieser Art seit langem nicht mehr wahrgenommen hatte. Eine Handvoll Schritte zurücktretend, betrachtete er ein letztes Mal den Hügel vor sich, Gänsehaut trat in seinen Nacken, das Empfinden aus dem Hintergrund heraus angestarrt zu werden stärkte sich. Heynrich schloss die Augen bis auf einen kleinen Schlitz und flüsterte ein einziges Wort. Ihm erklang ein schrilles Pfeifen im Ohr, hochfrequent und kaum wahrnehmbar. Als es abklang, war auch das Gefühl entschwunden.

Zufrieden trat er neben Vallory, die sich mühsam aufzusetzen begann.

„Vater? Was ist geschehen?"
„Du wurdest ohnmächtig, mein Kind. Komm lass uns zurückgehen, du bist zu schwach derzeit!"

Anstelle einer Antwort nickte sie und ließ zu, dass er sie unter der linken Achsel fasste und sie damit stützte.

Schweigend trotteten sie zum Gebäude zurück, wo er sie in den Hauptwohnraum brachte und ihr einen Becher mit Tee zubereitete, in den er ein paar Kräuter aus seinem Sammelsurium einstreute. Herber Geschmack brachte sie dazu, die Lippen zu verziehen, aber brav auszutrinken. Schon begannen ihr die Augen zuzufallen, Müdigkeit überschwappte sie und lullte sie ein, entführte sie in Morpheus Arme. Väterlich holte er eine der zusammengelegten Flickendecken und legte diese über seine Patentochter, strich ihr beinahe zärtlich über das Haupt und meinte nur: „Schlafe wohl, liebes Kind, schlafe wohl!"

Weitaus rascher als erwartet, hatte die Zeit ihren eigenen Takt vorgegeben und doch verspürte er weniger Hunger auf Speis und Trank, als vielmehr auf Geistliches. Sich in sein Zimmer zurückziehend, kniete er vor dem Holzkreuz nieder, das er selbst auf den kleinen, schmalen Tisch gestellt hatte. Er mochte es nicht, vor einer leeren Wand zu beten, selbst wenn dies auf die Wirkung des Gebets keinen Einfluss haben mochte. Ruhe und Besinnung kehrten in sein Inneres zurück und lösten jene Begierden, die sich bei der Lichtung in ihm geformt hatten.

ach Stunden des Gebets erhob sich Heynrich mit leicht schmerzenden Knien, die vom Untergrund zeugten, auf dem er gekniet hatte.

Beim erneuten Verlassen des Gebäudes war die Sonne bereits ein gutes Stück am Firmament entlang gewandert. Nach wie vor hauchte er den Atem weiß aus, doch nach wie vor verspürte er weder Hunger noch Durst, vielmehr verlangte ihm nach der Wahrheit.

Erneut vor der Statue stehend, fühlte er einen kühlen Lufthauch seinen Nacken streifend.

„Komm heraus!"

Wohl spürend, nicht allein zu sein, erhielt er dennoch keine Antwort. So nutzte er den Moment zur eigenen Kontemplation, verweilte auf der Bank und horchte in sein Inneres hinein, den Ort fühlend, wo er sich befand. Etwas wollte hier nicht aus dem Verborgenen geholt und gezogen werden, verwehrte sich gegen seinen Zugriff.

Erst als es empfindlich abkühlte und die Abenddämmerung hereinbrach, auffrischender Wind ihm im Nacken Gänsehaut verursachte, fühlte er, es war Zeit zu gehen. Sachte schwebten Schneeflocken von oben herab, glitzerten in seiner Hand, als er sie auffing. Ein Lächeln trat auf seine Lippen, geheimnisvoll und als wäre er geistig leicht entrückt. Über ihm schimmerte der Mond durch eine zerrupfte Wolkendecke. Der Duft nach frischem Schnee und nahendem Winter knisterte in seiner Nase, während es um ihn herum dunkelte.

Gemächlich schlenderte er zum kleinen See zurück. Am Rand des Gewässers stand eine Gestalt, gehüllt in ein helles, bodenlanges Kleid, die mit gefalteten Händen in Richtung Wasser blickte, als wäre sie in stillem Gebet verharrt. Bevor er sie erreichte, sah sie zu ihm und drehte sich von ihm weg, huschte davon wie ein scheues Reh. Statt nach ihr zu rufen, trat er an jene Stelle, an der sie zuvor gestanden hatte und drehte sich wie sie zuvor.

Auf dem Hain schimmerte ein kleines Licht, beinahe schon blinkend, bevor es verebbte und in ihm ungewohnte Regungen hervorrief. Verwundert horchte er in sich hinein und spürte den Hauch einer Vorahnung. Längst wunderte ihn nicht mehr, weshalb Vallory ihn um Hilfe gebeten hatte.

Zu seinen Füßen ruhte schneebedeckter Boden. Fußspuren suchte er darauf vergebens, beinahe, als hätte es diese Gestalt nie gegeben. Dafür erblickte er Glitzerndes zu seinen Füßen, kniete sich hinab und griff nach kleinen, tropfenförmigen Perlen aus Glas. Kühl schimmerten sie in seinen Händen im Mondenlicht. Bevor er sie zu analysieren vermochte, schmolzen sie dahin.

Gemächlich ließ er den Blick schweifen. Auf dem See hatte sich eine erste, hauchdünne Eisschicht gebildet, die langsam zur Mitte wanderte. Wie tief der See tatsächlich war, vermochte der Geistliche nicht zu beantworten.

Lange verborgene Erinnerungen klopften an die Oberfläche. Etwas griff nach ihm, seinem Inneren, bevor er es zurück stopfte. Im Moment war es ein denkbar schlechter Zeitpunkt dafür.

Ruhig und beschaulich, den nahenden Winter erwartend, lag das gesamte Areal bald gänzlich unter einer weißen Schneeschicht. Den langsam unsichtbar werdenden Pfad Richtung Gebäude folgend, kam er wieder an jenem alten Baum mit der Schaukel vorbei. Dominierend inmitten einer

Wiese thronend, die in sommerlichen Zeiten ein Paradies aus Blüten, Blumen und Gräsern sein mochte, war er gewiss für viele Tiere ein willkommenes Zuhause.

In der Ferne erklang Wolfsgeheul und ließ ihn innehalten. Aufseufzend hob er die Brauen, jener Klang würde ihm wohl ein ewiger Begleiter sein.

Mehr gemütlich schlendernd als vor Eile trabend, erreichte Heynrich bald schon die Eingangspforte des Gebäudes. Just in jenem Moment, als er die Tür öffnen wollte, wurde sie aus dem Inneren heraus aufgerissen und eine Gestalt stürmte an ihm vorbei.

Aus dem Inneren heraus, schnaufte der Hausherr heran, seinen Morgenmantel in der linken Hand haltend. In seinen Augen glitzerte Wut und er warf Heynrich einen kurzen, undefinierbaren Blick zu, der den Geistlichen zu ignorieren schien, bevor er der Gestalt nacheilte.

Wenig später kehrte Oury mit einem hellen Bündel im Arm zurück, das Heynrich rasch als Vallory identifizierte. Eingehüllt in ihr dickes, wollenes Umhängetuch hing sie mit geschlossenen Augen in den Armen ihres Gatten, dem seine Verzweiflung deutlich anzusehen war. Mit seiner Frau im Arm schob er sich an Heynrich vorbei und brachte sie in den Hauptwohnraum. Sanft legte er sie auf die Bank, das Wolltuch wie eine Decke über ihren Körper, um sie vor der Kälte zu schützen, und setzte sich in den Stuhl neben sie. Strich ihr zärtlich über die Wange und seufzte auf.

Starke Liebe zu seiner Frau war spürbar und die Angst etwas falsch zu machen. Heynrich spürte die Verzweiflung des Mannes und wusste, Vallorys Brief war zur rechten Zeit bei ihm eingetroffen.

Oury drehte sich zu seinem Gast um, Bitterkeit erklang in seiner Stimme.

„Was auch immer Ihr hier wollt, seit Ihr hier seid, wurde es nur schlimmer. Ihr solltet nicht zu lange bleiben!"

Abrupt wandte er sich von seinem Gast ab, trat an eines der hohen Fenster und blickte hinaus in den immer stärker werdenden Schneefall, bevor er fortfuhr.

„Was auch immer sie Euch erzählt haben mag und wie Eure Beziehung zu ihr wirklich ist – das ist eine Sache – aber ich möchte nicht, dass ihr etwas geschieht. Und jetzt geht, lasst uns alleine!"

Nicht immer war er willkommen, manchmal aus Geheimniskrämerei heraus, dann wieder aus Unfreundlichkeit oder anderen Gründen. Bei Oury war er nicht willkommen, ein Störenfried, der die Unruhe verstärkte. Sorge trug diese Gesinnung im Herzen. Vorerst war es klüger das Ehepaar allein zu lassen. Es würde Zeit brauchen, etwas, das nicht überhastet werden durfte, aber auch nicht zu lange aufzuschieben war.

Dem Knurren seines Magens folgend, führte ihn sein nächster Weg in Richtung Küche. Brot und Haferbrei, Käse und etwas Milch aus einem Krug versorgten ihn mit Kraft und neuer Energie.

Während des Essens erspähte er einen Schatten vor dem Gemäuer, ließ die guten Dinge am Tisch liegen und trat an das Fenster heran. Der Schemen war mit dem Dunkel verschmolzen und doch fühlte er, dass der Schatten nach wie vor draußen stand. So dauerte es nur einen Moment, bis er die Tür geöffnet hatte und den Schattenumriss erneut wahrnahm. Kaum stand er selbst außerhalb des Gebäudes und hatte die Tür von außen geschlossen, eilte er ihm nach. Immer wieder drehte sich der Schemen zu ihm um und hielt inne, als wolle er Sorge tragen, dass Heynrich im folgen würde.

Unter seinen Füßen knirschte der Schnee, am Boden nahm Heynrich einzelne Abdrücke wahr, die ihn führten. Um ihn herum erklang Wispern und Flüstern, bewusst nicht greifbar. Die Kälte nicht spürbar, ließ er sich treiben, betrachtete die Natur um sich herum, soweit er sie wahrnahm, stets mit dem Grundrauschen des Wisperns im Hintergrund. Schattenumrisse von Bäumen und dunkleres Geäst aus Büschen umrahmte den schmalen Pfad, den er in den Wald hinein nahm. Trittsicher dem Pfad folgend, veränderte sich das Wispern und Flüstern kaum wahrnehmbar in seiner Tonalität.

Erst als sein Herz ihm dies riet, hielt Heynrich inne, lauschte und lächelte, bevor er den Weg zurück antrat. Bis er erneut vor dem Haus stand, hatten die Sterne ihre Position längst verändert und die herabfallenden Schneeflocken sich wie ein weißer Umhang über seine Schultern und sein Haupt verstreut. Kaum betrat er das Gebäude, klopfte er sich die Schneeflocken von Kopf und Kleidung.

Kaminfeuer erfüllte das Gebäude, Wärme würde ihm guttun. Die Bank, auf der Vallory zuvor gelegen hatte, war leer. So trat er an den Kamin heran, streckte die Hände den wohlig wärmenden Flammen entgegen. Hinter sich vernahm er leises Rascheln und spürte, wie jemand ein Wolltuch um seine Schultern legte und sich zurückzog.

„Vater, es ist nicht gut, wenn Ihr so lange dort draußen seid. Es ist zu kalt und auch gefährlich, selbst für einen Gottesmann wie Euch!"

Vallorys Stimme wirkte besorgt.

„Tochter, mir geht es gut, doch was ist mir dir?" Sich umdrehend, rückte er die Wolldecke zurecht. „Danke!"

Vallory griff nach einem Becher mit heiß dampfendem Inhalt und reichte ihn Heynrich.

„Vater, bitte unterschätzt die Kühle dieser Gegend nicht!"

Die Kühle hatte seine Finger klamm werden lassen, lächelnd nahm er ihn entgegen. Es roch nach heißem Tee, versetzt mit dem Geruch von Hochprozentigem. Kurzes Nippen ließ ihn Honig und Kräuter schmecken. Noch während er vor dem Kaminfeuer stand und den Tee zufrieden seine Kehle hinab rinnen ließ, hatte sie es sich in einem der Stühle bequem gemacht.

„Danke, dass Ihr hergekommen seid, Vater. Ich brauche wirklich Hilfe!"
„Vielleicht möchtest du mir sagen, was eigentlich los ist?"
„Wenn ich dies wüßte."

Verzweiflung schimmerte in ihren Augen. Sie barg das Haupt in ihren Händen und stand kurz davor in Tränen auszubrechen. Versucht, sie wie ein guter Vater in den Arm zu nehmen, unterließ er es dann doch, spürte, sie würde sich wieder beruhigen. Augenblicke später schluchzte sie kurz auf, schluckte und griff an ihren Hals. Aus ihrem Kleid zog sie eine dünne Schnur heraus.

„Dies ließ mich all die Zeit glauben, hoffen und es war der Grund, warum ich Euch schrieb!"

Dabei löste sie die Kette und reichte ihm das kleine Kreuz, das daran hing.

„Ich trage es, seit Ihr es mir gegeben habt. Eines Nachts war ich hellwach, ohne zu wissen warum. Es gab nichts, das mich aufgeweckt haben könnte. Wollte weiterschlafen, drehte mich um und sah das Kreuz auf dem Tischchen neben dem Bett. Doch Vater, ich trage es immer um den Hals. Es lag dort und glühte wie eine Zange, die in Feuer gelagert hatte. Mein Bauch wurde flau und ich spürte ...“

Tief einatmend unterbrach sie sich selbst.

„Es geschehen hier seltsame Dinge, die ich nicht erklären kann. Doch in dieser Nacht wusste ich, dass ich Eure Hilfe brauchen würde.“
„Kind, wir sind alleine, was willst du mir wirklich sagen?“
„Sind wir das? Sind wir jemals wirklich alleine, Vater?“

Nach oben deutend, entfuhr ihr ein schmerzhaftes Lächeln.

„Aber das meintet Ihr wohl nicht. All das, was ich hier erlebe und spüre, es ist nichts, was für mich begreifbar ist. Hört hin und sagt mir selbst, was Ihr hört! Bitte.“

Heynrich lauschte, hörte jedoch nur das Prasseln des Feuers im Kamin, das sachte an sein Ohr drang. Kaum wahrnehmbar heulte der Wind um das Gemäuer, bei dem mancher sanften Seele bange wurde. All diese Geräusche waren natürlich und erklärbar. Für geraume Zeit schweigend, erhob er sich dann, reichte Vallory seine Hand und trat vor sie hin. Ihr Kinn hebend, zwang er sie damit, ihm in die Augen zu sehen, und drückte ihren Kopf erst in die eine, dann in die andere Richtung. Beinahe verlor sie sich in seinem Blick, bis sie einen spitzen Schrei ausstieß, bevor sie bebend die Augen schloss.

„Nein, ich ertrage das nicht länger, Vater, ich bitte Euch!“

Was auch immer sie quälte, es war echt. Vorsichtig zog er sich zurück und ließ sie endgültig los, leichte Sorgenfalten fanden auf seinem Antlitz Platz.

„Kind, was willst du wirklich mir sagen?"

Angst schimmerte in ihren Augen, während sie verzweifelt um ihre innere Stabilität kämpfte.

„Hört Ihr den Wind?"
„Aber natürlich. Was ist mit dem Wind?"
„Es ist nicht nur der Wind, Vater. Hört genauer hin, bitte!"

Erneut suchte er darin Ungewöhnliches zu finden, doch wieder misslang ihm dies.

„Tochter, sage mir, was hörst du denn?"
„Ich kann es nicht verstehen, Vater, doch es ist nicht nur der Wind. Es ist, als wäre er das Trägermedium für etwas anderes, als würden Wesen durch ihn heulen."

Innehaltend blickte sie ihn verwirrt an.

„Ihr könnte es nicht hören?"
„Nein!"
„Was höre ich dann, Vater? Bin ich verrückt geworden?"
„Im Moment kannst nur du dir diese Frage beantworten, Tochter. Doch verrückt bist du sicher nicht geworden. Erinnere dich an die Geschichten, die ich dir einst erzählte, es geschehen mitunter gar merkwürdige Dinge, die wir auf den ersten Blick oft gar nicht verstehen und die doch real sind!"

Im Moment spürte er, dass sie etwas anderes, als das gesprochene Wort brauchte, zog sie zu sich und setzte sich mit ihr auf die Bank, wo er sie in den Arm nahm. Sein beruhigender Herzschlag schenkte ihr Frieden.

Gemeinsam lauschten sie dem Prasseln der Flammen im Kamin, bis sie einschlief. Heynrich legte ihr die Wolldecke über den Körper und beobachtete sie, wie sich ihre Brust im gleichmäßigen Atmen hob und senkte und sprach ein Gebet über sie. Er strich ihre eine Haarsträhne aus dem Gesicht und zog sich selbst in sein ihm zugewiesenes Zimmer zurück, wo er sich ebenfalls binnen kurzer Zeit in Morpheus Armen wiederfand.

as hast du dir dabei gedacht?"
"Wobei denn, Bruder?"
"Du weißt doch, dass du nachts nicht raus sollst – schon gar nicht, in solchen Tage wo sie umgehen!"
"Bruder, glaubst du wirklich diese Ammenmärchen?"
"Ammenmärchen? Nein. Aber willst du etwas hervorrufen, dass dir schaden könnte?"

Neben ihr sitzend zog er sie in seine Arme und hielt sie fest. Sorge stand in seinen Augen geschrieben und drückte sie enger an sich.

"Du weißt doch, Schwesterchen, ich kümmer mich um dich, aber das kann ich nicht, wenn du einfach so verschwindest."
"Ich bin kein kleines Kind mehr, das eine Amme braucht. Ich bin alt genug!"
"Liebes ..."
"Was soll mir hier passieren? Es gibt keine Wölfe, keine Bären und keine anderen Raubtiere wie anderswo. Wir sind auf einer Insel, weit weg von allem. Und du kennst jeden einzelnen Menschen im Dorf."
"Das Moor!"
"Wo denn Bruder?"
"Hinter den Hügeln!"
"Glaubst du, dort gehe ich hin? Die Wege sind nicht sicher!"
"Schwester, versprich mir bitte, dass du dich dran hältst, im Haus zu bleiben!"
"Nein! Du kannst mich hier nicht einsperren!"

Schweigend erhob er sich, sein Blick vereiste.

„Aber ich verspreche dir, dass ich auf mich aufpassen werde. Ich trage immer ein Messer bei mir, das mich beschützt, wenn du dies willst! Warum hast du solche Angst?"

„Wir werden sehen, Schwester!"

Den Raum verlassend, knallte er die Tür hinter sich zu und ließ seine Schwester mit ihren Gedanken alleine. Warum nur verstand er nicht, dass sie sich nicht einsperren lassen wollte?

ähnend erhob sich Heynrich aus dem Bett. Seiner Morgenroutine folgend, den Schlaf aus den Augen reibend, sich ankleidend, verrichtete er sein Gebet und folgte danach dem Duft von frisch gekochtem Porridge.

Als hätte sie ihn längst erwartet, reichte die Alte ihm eine hölzerne Schale des dampfenden Breis. Klein geschnittene Apfelstücke und einige Trockenobstbrocken ruhten darauf.

„Hier, bedient Euch!"

Sie stellte noch einen Becher frischer Milch auf den Tisch, rieb sich die Hände an ihrer Schürze ab und wollte schon gehen. Bevor sie den Raum verließ, drehte sie sich auf den Fersen um und setzte sich ihm gegenüber, dabei das Kinn auf die gefalteten Hände legend und sah ihm mit großen Augen, wie er sein Frühstück verzehren wollte. Dieses beobachtet fühlen begann ihn zu irritieren. Er legte den Löffel beiseite und legte die Hände auf die Tischplatte.

„Was hat sie nur an Euch gefunden?"
„Wie ist das gemeint?"
„Muss ich das wirklich sagen?"
„Hilfreich wäre es schon. Also, wie ist das gemeint?"
„Sie liebt Euch!"
„Das tun viele meiner Schäfchen."
„Gewiss doch – ganz bestimmt!"

Ihr entflohen ein paar kichernde Geräusche, als sie ihn genauer betrachtete, mit seinen dunklen Haaren, den haselnussbraunen Augen und den kantigen Gesichtszügen, die schon so manche Frau um den Verstand gebracht hatten.

„Nicht alle Schäfchen sind gleich. Doch sie weiß selbst nicht, was sie empfindet – für Euch empfindet!"

„Liebe ist ein Geschenk des Herrn, Tochter!"

„Macht es ihr nicht zu schwer! Sie hat ein gutes Herz und brachte Segen mit sich - Euren Segen. wusstet Ihr das nicht?"

Ohne ihn zu Wort zu kommen zu lassen, erhob sich die Alte, hüllte sich in ihren Umhang und lächelte Heynrich noch einmal zu, bevor sie hinter sich die Türe schloss. Kalte Luft drang herein und ließ den Geistlichen einen Blick auf die junge Frau werfen, die vor dem Gebäude im Sonnenlicht ihren Blick nach oben hielt, als spräche sie ein Gebet.

Die Alte trat an sie heran, flüsterte ihr etwas zu und blickte zu Heynrich zurück, bevor sie grinsend entschwand. Vallory wirkte davon unbeeindruckt, stand still wie zuvor, nur ihre Schultern bebten leicht vor Kälte oder als würde sie weinen. Heynrich beobachtete sie minutenlang, bis er den Eindruck gewann, sie würde schwanken.

Längst hatte seine Schale und den Becher geleert und das Geschirr beiseitegestellt, öffnete leise die Tür und schloss sie ebenso sachte. Bereits nach wenigen Schritten ließ sich Vallory vernehmen.

„Kommt ruhig näher, Vater!"

Feuchte Tränenspuren schimmerten auf ihren hellen Wangen. In all den Jahren hatte sie sich verändert. Einem alten Impuls folgend, war er versucht, sie in den Arm zu nehmen, und unterließ es doch. Strich ihr nur eine lose Haarsträhne hinter die Ohren und meinte: „Tochter, was auch immer es ist, du kannst mir alles sagen!"

Unsicherheit trug sich in jeder ihrer Bewegungen, selbst, als sie sich wieder von ihm wegdrehte. Ihre Suche nach Worten war nicht von Erfolg gekrönt gewesen. Einem Impuls folgend, legte er seine Hand auf ihre rechte Schulter und bedeutete ihr damit, sich ihm erneut zuzuwenden.

„Kind, da ist etwas, das du nicht sagst. Mir nicht sagst. Wie soll ich dir helfen, wenn du schweigst?"
„Ich weiß es selber nicht, Vater. Ich kann es nicht benennen ...“

Hilflosigkeit drang zu ihm durch, pfeifender Wind verstärkte sich, riss an ihrem Rock und zerzauste ihre Haare. Vor ihnen brach lautstark ein Stück Holz entzwei, krachend zog es ihrer beider Aufmerksamkeit auf sich. Im gleichen Moment knarrte und knirschte es tief unter ihren Füßen. Ein Aufseufzen und Wehklagen durchdrang die alten Mauern, die längst einer Erneuerung bedurften.

„Ein Sturm, die Schafe!"

Aus dem Inneren stürmte der Hausherr herbei und rannte in Richtung der Ställe. Vallory folgte ihm, Heynrich ebenso, denn hier wurde Hilfe ebenso benötigt. Gemeinsam trieben sie die blökenden Tiere in den Stall, schoben den Riegel vor, sodass die Schafe sicher waren und Augenblicke später standen sie in den Gemäuern, das zerzauste Haar und die durcheinandergewirbelte Kleidung richten.

„Danke!" nickte Oury seinem Gast zu, bevor er sich erneut in sein Arbeitszimmer verzog.

Erstaunt nahm Heynrich eine Lebendigkeit an Vallory wahr, die er zuletzt vor einer halben Ewigkeit an ihr gesehen hatte. Sich den Schweiß von der Stirn wischend, richtete sie sich notdürftig ihre Haare und klopfte sich den Staub und dünne Aststücke von den Kleidern.

„Kommt, Vater, ich möchte Euch etwas zeigen!"

Gemächlich ging sie voran, zupfte dabei noch die ein oder andere Haarsträhne zurecht und brachte ihn in ein kleines Zimmer, an dessen Wand ein schmales Regal voller Bücher stand. Viele der Bände verfügten über einen alten Ledereinband, abgegriffen, das Alter war ihnen anzusehen. Daneben standen eine Handvoll neuere Bände, gebunden in Leinen.

„Hier bin ich gerne, Vater! Mein kleines Reich ... mein Mann hat daran kein sonderliches Interesse."

Sentimentalität klang durch. Sie nahm in einem Korbsessel Platz und bedeutete ihm, auf der schmalen Bank unter dem Fenster Platz zu nehmen. Gepolstert mit weinrotem Samt und mit zwei gleichermaßen gefärbten Kissen, ließ es sich darauf bequem sitzen. Ein kurzer Blick nach draußen schenkte eine Ahnung vom kleinen See am Ende der großen Wiese, hinter dem alten, knorrigen Baum.

„Seht sie Euch ruhig an. Ihr habt mich zu schreiben gelehrt, das habt Ihr sicher nicht vergessen."
„Nicht nur zu schreiben, mein Kind, auch zu denken!"

Beschämt senkte sie ihren Blick, errötend tat ihr die Farbe an den Wangen gut.

Ein kleines Sammelsurium verschiedener Lektüre von Medizin über Religion bis zu naturkundlichen Werken fand er vieles vor. Inmitten der alten Wälzer stand eine gedruckte Bibel, die auch schon bessere Tage gesehen hatte. Daneben zog ihn ein Büchlein in rostrotem Leder an. Fein gearbeitet umhüllte der Einband ein Buch mit leeren Seiten. Als er es öffnete, schlug ihm altertümlicher, holziger Geruch entgegen, der ihn an einen ungenutzten Dachboden erinnerte. Vorsichtig nahm

Vallory es ihm aus der Hand und schlug es an einer Stelle mit getrockneten Blüten auf.

„Meine Sammlung der Natur, Vater!"
„Tatsächlich?"
„Nun, was sollen wir denn betrachten, wenn der Winter da ist? Wenn der Schnee ..."

Vallory unterbrach sich, verdrehte die Augen. Vom Stuhl gleitend verlor sie das Gleichgewicht. Heynrich war nicht schnell genug bei ihr, um sie zu fangen, sodass sie auf den Holzdielen aufschlug. Das Buch rutschte zur Seite, der Inhalt fiel heraus und landete verstreut am Boden. Erst liegend, schlug Vallory wieder die Augen auf und blickte den Geistlichen an ihrer Seite verwirrt an.

„Was ..."
„Ruh dich aus, Kind!"

Während sie sich aufsetzte und an die Wand lehnend sitzenblieb, sammelte Heynrich die Blüten aus dem Buch auf. Ein paar der Blumen hatte er seit Ewigkeiten nicht mehr gesehen und konnte sich ein zartes Lächeln nicht verkneifen.

Zwischen zwei Ritzen war eine blaue Blüte gerutscht, zeigte nur noch mit einem einzelnen Blatt nach oben. Als er nach ihr griff, rutschte sie zwischen den Dielen durch und er bemerkte, dass es unter den Dielen hell schimmerte.

„Was ist darunter, Kind?"
„Der Keller!"

Ein letztes Mal ließ er seinen Blick über den Boden schweifen, entdeckte eine gelbe Löwenzahnblüte und legte diese Blume zu den anderen.

„Thua mey!" Erschallte es in seinem Kopf, eine Welle des Schmerzes und der Traurigkeit rollte über ihn hinweg und entschwand ebenso rasch wieder.

„Vater?"
„Es ist alles gut, mein Kind. Was war vorher los mit dir?"

Mühsam zog sich Vallory zurück auf den Stuhl, bar jeglicher Gesichtsfarbe schrie ihre Seele vor Erschöpfung.

„Es ist schon gut, lieber Vater Heynrich. Es ist schon gut!"
„Hast du das des Öfteren?"
„In letzter Zeit – ja!"
„Bist du ...?"
„Nein, ich trage kein Kind, das wüßte ich!"
„Geht es dir gesundheitlich soweit gut?"
„Aber ja, Vater!"

Er reichte ihr das Buch, trat an sie heran und sah ihr besorgt in die Augen.

„Hier, ich möchte deine Ordnung nicht ..."
„Es ist schon in Ordnung, alles ist beschriftet!"

Das Buch entgegennehmend, öffnete sie es und reichte es ihm. In zierlicher Schrift fand er nicht nur die Namen, sondern weitere Informationen, die manchem Gelehrten an den Universitäten in nichts nachstanden.

„Es war nicht von mir – ich fand es vor einiger Zeit und machte weiter .... die Idee dahinter ..."
„Die Schönheit des Schöpfers ..."
„Ja, so ist es ... die geschenkte Schönheit ... wie ein Sonnenaufgang oder der Morgentau ..."

Heynrich lächelte, ja, sie hatte sich im Herzen nicht verändert. Ganz im Gegenteil fand er ihr gutes Herz verstärkt.

„Also, was ist los? Was ist wirklich los?"

Sein Lächeln entschwand, es war mühsam um Hilfe gebeten zu werden, und dann bar jeglicher Informationen beständig raten zu müssen.

„Vater, wie ich schon sagte, ich weiß es wirklich nicht. Aber etwas geht hier vor sich, das ich nicht begreife. Vor Jahren verstarb meine Schwiegermutter – ich lernte sie nie kennen. Man sagte, mein Mann wäre verhärmt dadurch geworden, früher fröhlich und ein lebenslustiger ... ich lernte ihn ernst und schweigend kennen. So wie er mich ernst nahm, Ihr wißt ja ..."
„Das ist nicht unbedingt selbstverständlich."
„Er sagte mir, ich sei etwas Besonderes, aber so sehe ich mich nicht."
„Wirklich nicht? Hast du vergessen, was du als Kind erlebt hast?"
„Nein. Ja. Ich weiß es nicht. Hab so vieles vergessen, dass ich es nicht mehr weiß, was wahr ist und was geträumt."
„Du bist eines Nachts im Garten des Klosters gestanden, schlafgewandelt, erinnerst du dich daran?"

Sie schüttelte den Kopf.

„Nein."
„Wie alt warst du damals? 4? Vielleicht 5?"
„Wieso glaubt Ihr, dass ich mich daran noch erinnern kann?"
„Viele Menschen erinnern sich an ungewöhnliche Dinge, selbst, wenn es so lange Zeit her ist."
„Aber Vater ..."

Hell auflachend schien ihr die Sonne ins Gesicht, die im gleichen Moment die Wolkendecke durchbrach. Der Sturm hatte sich gelegt.

„Vater?"

Er drehte sich wieder seiner Patentochter zu.

„Helft Ihr mir?"
„Natürlich, wobei?"
„Stützt mich, bitte!"

Nickend griff er ihr unter die Arme. Ihr Körper wirkte zerbrechlich, die Lippen blutleer. Bliebe sie lange in diesem Zustand, würde sie daran kaputtgehen.

„Natürlich Kind, wohin soll ich dich begleiten?"
„Ich möchte Euch etwas zeigen, doch dazu muss ich Euch hinbringen. Bitte!"

ie Natur lockte sie, bis sie das Eingesperrtsein nicht mehr ertrug. Ihr Zimmer verlassend, ließ sie auch die tote Stille der Halle hinter sich.

Wie oft war sie aus dem Zimmer schon entwischt und von ihm zurückgebracht worden? Längst vermochte sie es nicht mehr zu zählen. Immer wieder zog es sie nach draußen, ertrug sie es nicht, in den vier Wänden zu sitzen und zu warten, nicht wissend worauf.

Wovor wollte er sie schützen? Es gab keine gefährlichen, wilden Tiere, vom Moor abgesehen keine Gefahren und im Moor kannte sie jeden noch so kleinen Trampelpfad.

„Warum Bruder? Warum sperrst du mich ein?"

An manchen Tagen lag sie nur auf dem Bett und weinte, bis die Tränen versiegten und sie nur noch in die Leere starrte. Manchmal setzte sie sich dann auf und lauschte. Nichts als Stille und Schweigen war in diesen Gemäuern zu vernehmen, die jeden Tag mehr und mehr verfielen. Die wenigen, gemeinsamen Besuche im Dorf oder die Beichten beim alten, tumben Pfarrer löschten nicht ihren Durst, sondern entfachten ihren Hunger nach Leben.

Manchmal beteten sie um einen Gatten alleine dafür, um an andere Orte zu kommen, doch nichts geschah. Wochen zogen in die Lande, Monate, brachten Schnee und sommerliche Hitze mit sich, stets gut behütet von ihrem Bruder in den vier Wänden.

Wie sehr sehnte sie sich nach Leben, nach der Wärme und hockte zugleich in einem alten Gemäuer, durch das der Wind pfiff. Draußen schien die Sonne und verzückte die blühende Wiese, während sie im Gebäude ihr wollenes Umhängetuch brauchte, um nicht zu frieren. Wieder einmal hatte er den Schlüssel umgedreht und sie eingesperrt.

Aus einem Impuls heraus, öffnete sie das Fenster, griff nach den daneben wachsenden Weinranken und schwang sich hinaus. Dick genug hielten die Ranken ihren schlanken Körper und boten ihren Füßen Halt. Endlich konnte sie durchatmen. Es roch nach Frühlingsblumen, dem Erwachen jungen, neuen Lebens und der Lust, die schlagartig durch ihre Adern floss. Zwischen ihren Schenkeln pochte es, pulsierte Hunger, der gestillt werden wollte.

Zwischen den Büschen stehend, hatte er auf sie gewartet, bis sie endlich begriff, dass es mehr Möglichkeiten gab, als nur eine Tür und trat sichtbarer hervor. Ihre Schuhe abstreifend, lief sie ihm entgegen in seine geöffneten Arme, barfuß das junge Gras unter ihren Füßen spürend.

Bei ihm, drückte sie sich an ihn, barg den Kopf an seiner Brust und schloss ihre Augen, während sie ihre Arme um ihn schlang. Tief sog sie den Atem des frühen Jahres und den erdigen Geruch, den er an sich trug, ein. Nach all der Zeit spürte sie das Leben wieder.

angsam, bei ihm eingehängt, schritt Vallory voran, dabei Heynrich als stabile Stütze nutzend. Selbst in ihren Worten hatte er den Eindruck, sie würde vor Schwäche in die Knie gehen. Mehrmals änderten sie die Richtung, bis sie zu einer schmalen Holztür kamen.

„Dorthin, Vater, das wollte ich Euch zeigen. Vielleicht findet Ihr dort eine Idee, eine Antwort!"

Vorsichtig zog sie sich aus seiner Halterung heraus, öffnete die Holztür und deutete eine schmale Treppe hinab. Dunkelheit erschwerte es, weiter als eine Handvoll Stufen hinab zu sehen. Linkerhand stand in einer Nische eine Petroleumlampe, nach der Vallory griff und das Licht entzündete. Hinabführende Wände schienen vor einigen Jahren frisch verputzt worden zu sein, ein dickes Tau ersetzte ein stabileres Geländer und führte sie bis zum Kellerboden hinab.

Modriger Geruch drang ihnen entgegen, aus kleinen Fensternischen drang nur sehr wenig Licht bis in die Gewölbe hinab. Kühl pfiff Wind durch Ritzen im Mauerwerk.

Erneut wirkte es auf ihn, als würde sie schwanken, sodass er sie ein weiteres Mal unterhakte. Gleichzeitig ließ er seinen Blick schweifen, öffnete seine Sinne und wurde den Eindruck nicht los, als wäre Leben in der Dunkelheit.

Als sie erneut zu schwanken begann und ihr die Lampe beinahe aus den Händen fiel, fragte er sie: „Ist es dir nicht zu anstrengend?"
„Nein, ich ..."
„Tochter, du wirst nicht mitkommen. Ich bringe dich nach oben zurück!"

Erst, als er sie sicher im Hauptraum zurück wusste, ging er erneut in den Keller hinab.

Die Kellergewölbe wirkten alt, wie aus anderen Tagen erschaffen. Feuchtigkeit schimmerte von steinernen, roh behauenen Wänden, Geruch nach feuchter, kalter Erde führte ihn zu einer Stelle, an der Pilze aus dem Boden sprossen. Immer wieder leuchtete er in die dunkelsten Flecken und Ritzen, vermeinte manchmal ein Wesen in den Schatten zu sehen und doch entschwand es stets, wenn er das Licht darauf richtete.

Gänsehaut begann sich in seinem Nacken breitzumachen. Kälte zog sich mit klammen Fingern an ihm hoch. Kaum wahrnehmbar fühlte er sich verändernde Frequenzen, sphärenhaften Gesang aus anderen Zeiten. So hielt er inne und lauschte, bis der Klang lauter wurde. Die mitschwingende Melodie schenkte ihm einen Hauch Sentimentalität und ließ ihn tief einatmen, bis sie wieder verklang. Wie reagierten wohl zartere Gemüter darauf, wenn selbst ihn dies im Innersten berührte?

Mehr denn zuvor spürte er eine Art Leben, machte sich erneut auf die Suche. Fand verschiedenste Lagerstellen, eingelagerte Lebensmittel und Weinfässer und so manchen alten Krempel. In einer Nische entdeckte er alte, zerlöcherte Körbe übereinandergestapelt, daneben Regale mit verschiedenem Kleinkram. An allem hingen Spinnweben, mal mehr, mal weniger dick.

Zwischen seinen Beinen flitzte etwas hindurch, das ihn latent an eine sehr eilige Maus erinnerte und begann zu schmunzeln. Allzu sehr erinnerte es ihn an die Kellerräumlichkeiten des letztens Klosters, in dem er zeitweise verweilte.

Auf den ersten Blick war es nichts anderes, als ein „normaler" Keller mit gestampftem Lehm und ausgetretenen Steinen, über der eine dicke Schicht Erde ruhte.

Während er sich umsah und beinahe über ein ausgemustertes Arbeitsgerät stolperte, erklang hinter ihm die Stimme der alten Frau: „Gefällt Euch unser Keller?"

Die Alte begann zu kichern und hörte rasch wieder auf, lächelte ihn schräg an, wie sie ihn mit ihrem Weidenkorb am Arm und ihrem grauen Haarknoten musterte. Kleiner als er, hatte sie eine ganz eigene Art zu gehen, leicht gebückt, als wären beständig Gedanken, sich irgendwo an einer Decke anzustoßen. Erst dachte er, sie würde ihn mit einer Mischung aus Misstrauen und Neugierde betrachten, doch in ihren Augenwinkeln fand er ein Zwinkern, das er einfach nicht zuordnen konnte. Mit ihrem schiefen Lächeln und einer großen Zahnlücke drehte sie sich von ihm weg, zuckte mit den Schultern und widmete sich den Zwiebeln, die im Regal lagen.

„Leuchtet mir doch mal!"

Der Aufforderung folgend, trat Heynrich näher, sodass sie sich die besten Stücke aussuchen und in ihren Korb legen konnte.

„Ihr könnt doch nicht einfach die Lampe nehmen und mir dann nicht zur Hand gehen!"

Leicht spöttisch klang es von unten zu ihm, was seinerseits ihn zum Grinsen brachte. Er legte leicht die Hand auf ihre linke Schulter und meinte: „Tochter, ich gehe doch gern zur Hand!"

Was sie zum gackernden Lachen brachte.

„Jaja, schon gut mein Sohn – .... hach, Ihr könntet mein Sohn sein, so stark und groß und ..."

Aufseufzend flossen ihre Gedanken in eine weit vergangene Zeit, vielleicht an eine lang entschwundene Liebe. Ächzend richtete sie sich wieder gerade und drückte gegen das eigene Kreuz, als hätte sie Schmerzen. Als er andeutete, ihr den Korb abnehmen zu wollen, winkte sie ab und meinte nur: „Ist schon gut, das geht vorbei! Aber ...", drehte sich zu ihm um und meinte: „Begleitet mich doch ... es ist ganz nett, wenn man beim Kochen jemanden zum Plaudern hat!"

„Gerne!", nahm er ihren Vorschlag auf. In der Küche hob die Alte den Korb auf ihre Arbeitsplatte und scheuchte Heynrich zum nächsten Sessel.

„Wenn Ihr so gut sein wollt?"

Mit einem neckischen Grinsen sah sie ihn an, reichte ihm ein scharfes, wirklich sehr scharfes Messer und stellte eine leere, große Schale sowie ein Brett neben ihn.

„Ist bald Zeit fürs Essen und ein klein wenig Hilfe könnte ich schon gut gebrauchen."

Heynrich lachte kurz auf. Küchendienst war ihm nicht unbekannt, aber einfach dazu „verdonnert" zu werden, war schon sehr lange Zeit her.

„Wie?"
„Kleinschneiden und schnippeln – das habt Ihr sicher gelernt!"

Während er sich mit den Zwiebeln beschäftigte, begann sie Wurzelgemüse zu schälen und kleinzuschneiden. Manchmal zitterten die Hände der Alten vor Konzentration und Anstrengung – sie würde eigentlich regelmäßigere Hilfe ganz gut brauchen können, befand er. Schweigend arbeiteten sie gemeinsam, bis alles fertig verarbeitet war und die Alte das ganze Kleinzeugs in einen Kochtopf mit inzwischen brodelndem Wasser gab. Erst, als all die Arbeit getan war, griff sie nach einem Krug und zwei Bechern, schenkte sich und Heynrich daraus ein.

„Trinkt, ist gutes Zeug!"

Sie schüttete den Inhalt in ihre Kehle, wo es ihm leicht die Nase kraus zog. Das Zeug darin vermochte Tote aufzuwecken, befand er.

„Ihr könnt gerne bleiben, bis das Essen fertig ist. Ihr wollt doch was wissen, sonst wäret Ihr nicht in den Gewölben gewesen!"
„Wohl wahr. Vallory hat mich hinuntergebracht."
„Achja ... die gute Vallory. Sie hat sicher auch Hunger, hab sie vorhin in den Wohnraum begleitet, das arme Ding!"
„Was ist mit ihr geschehen? Ich kenne sie seit Kindertagen. Damals war sie bei bester Gesundheit, doch jetzt?"
„Das Haus hier – es liegt am Haus!"
„Wie soll ich das verstehen?"
„Das Haus ist ... es ist seltsam!"
„Aus welchem Grunde?"
„Glaubt Ihr, ich finde es so berauschend", blickte auf den Krug und dann zurück zu ihm ... „jeden Tag die gleiche, lange Strecke zu gehen?"
„Ihr kommt doch aus dem Ort, Tochter?"
„Ja. Nur würden mich keine zehn Pferde dazu bringen, hier zu nächtigen. Wer hier wohnt – so sagt man bei uns – ist plemplem!"
„Weshalb?"
„Wer möchte schon unter einem Dach wie diesem hier leben?"
„Was ist denn hier so seltsam?"
„Ihr werdet es noch herausfinden – hab vielleicht schon .... zu viel ..."

Sie hielt inne und schwenkte dann im Thema.

„Ihr habt doch wegen Vallory gefragt. Nun, die ersten Wochen als sie hier war – direkt nach der Hochzeit – ging es ihr recht gut. Sie war lebenslustig und fröhlich, manche meinen, sie hätte ein Kind getragen, doch das ist nicht bewiesen. Dann, eines Morgen, war da ein Moment, wo sie anfing ins Leere zu starren. Es wurde immer schlimmer. Ihre Schwächeanfälle ...“

Mitten im Satz unterbrach sich die Alte selber, als die Tür aufschwang. Die Alte griff nach dem Krug und mit zitternden Händen räumte sie ihn zurück in den Kasten.

„Herr?“
„Erzählst du schon wieder Lügengespinste? Kümmer dich um das Essen!“

Schweigend ging sie zum Kochtopf zurück und begann damit, Schalen auf den Tisch zu stellen.

„Auf ein Wort!“

Oury wandte sich seinem Gast zu.

„Setzt meiner Frau keine Flausen in den Kopf. Sie mag einst eines Eurer Schäfchen gewesen sein – doch jetzt gehört sie hierher.“

Er ballte die Hände zu Fäusten und erhob sich, während er dies auf dem Tisch abstellte – das Tuch, das er um den Hals trug baumelte bis zur Tischplatte und seine Stimme senkte sich.

„Ich möchte, dass Ihr wieder Eurer Wege zieht!“

So klar und deutlich hatte es selten jemand gesagt, dass er nicht länger erwünscht war.

„Wenn dies Euer Wunsch ist, dann werde ich dies tun – doch seid so gut – und beantwortet mir vorab eine Frage!"

„Die da wäre?"

„Was wollt Ihr wirklich?"

Heynrich faltete die Hände, legte seinen Kopf auf die Fingerknöchel und setzte ein Lächeln auf, das so manchem das Blut in den Adern gefrieren ließ. Binnen eines Atemzugs entfaltete dies bei Oury seine Wirkung und er zeigte erste Anzeichen von Unwohlsein.

„Wovor habt Ihr Angst? Sie zu verlieren?"

Der Blick, den ihm Oury schenkte, sagte genug aus. Er erbleichte.

„Seid Ihr Euch Eurer Frau derart unsicher, dass Ihr mich – einen Geistlichen – fürchtet?"

Darauf erhielt er als einzige Antwort Schweigen. Oury fuhr sich mit den Fingern durch den dichten Vollbart und verschränkte die Arme vor der Brust.

„Als würde sich die Frage von selbst beantworten!", schoss es Heynrich durch den Kopf.

„Macht, was Ihr müsst und wozu Ihr hergekommen seid und dann geht wieder!" Seinem Gesicht nach zu schließen, würde Oury wohl gerne hinzufügen „Und kommt nie mehr wieder!"

Oury sah den Geistlichen an, als wolle er ein Starrduell gewinnen und erhob sich dann. Zurück blieb Heynrich, der selbst in diesem kurzen Augenkontakt etwas in den Augen des Hausherrn wahrgenommen hatte, das er im Moment noch nicht richtig zuzuordnen vermochte. Darüber würde er noch nachzudenken haben.

So erhob er sich und verließ ebenfalls die Küche, um erneut das große Parkareal aufzusuchen. Hinter ihm blieb die alte Frau zurück, die sich geschäftig um das Zimmer kümmerte. Ihm einen seltsamen Blick nachwerfend und etwas in ihren nicht vorhandenen Bart murmelte, das Heynrich nicht zu hören vermochte.

rst dachte sie, ihr Bruder wäre ihr gefolgt. Ihr Herz begann zu rasen, als sie stehenblieb und lauschte. Doch kein Geräusch war zu vernehmen. So ging sie weiter. Bis sie ihren Namen rufen hörte und sich umdrehte. Nichts. Ging weiter. Bald hörte sie ihren Namen wieder rufen – und wieder war nichts hinter ihr wahrzunehmen. Das Ganze lief mehrmals – bis es ihr reichte und sie sich umdrehte. Stehenblieb und meinte: „Hör mit den Spielchen auf!"

Drauf erfolgte leises Rascheln und eine Stimme, die nahe an ihrem Ohr zu sein schien: „Willst du mich sehen?"
„Ja – natürlich will ich das!"

Kaum wahrnehmbares Rascheln von Blattwerk verkündete eine Offenbarung. Junge Triebe und Blüten auf den frischen Ästchen schoben sich beiseite und ein vertrautes Gesicht tauchte im Geäst auf, ein raues Männergesicht, mit langem Bart und strahlend Augen. Lächelnd stand sie da, betrachtete dieses Gesicht und strich mit der rechten Hand sanft darüber.

„Komm raus!"

Während er sich aus dem Geäst schälte, griff sie nach diesem Gesicht und zog es zu sich heran, drückte ihre Lippen auf die seinen und schloss dabei die Augen. Wo er sich von ihr löste, nach ihrem Handgelenk griff und sie mit sich zog, folgte sie ihm kichernd auf eine Lichtung. Gemeinsam zogen sie sich zu Boden.

Erneut trafen ihre Lippen aufeinander, während er mit ihrer Zunge spielte, glitt seine linke Hand unter ihren Rock und zwischen ihre Beine, wo er sie vorsichtig, wenn auch fordernd berührte. Bereitwillig öffnete sie sich für ihn, was ihn wiederum amüsierte. Erst, als er seine Hand zurückziehen wollte, griff sie nach seinem Handgelenk und zog sie zurück, löste ihre Lippen von den seinen.

„Bitte!"
„Nein, warte noch etwas!"

Sanft an ihrem Geschlecht spielend, reizte es sie immer stärker, es ihm zu vergelten. Leicht drückte sie ihr Becken gegen seine Hand, während er sie zurückzog, ihr nicht zu viel geben wollend. Ihre Feuchtigkeit spürend, ihre Unschuld ihr jetzt zu nehmen, es war der falsche Moment dafür.

Erneut drückten seine Lippen auf die ihren. Kundige Finger brachten sie in bislang unbekannte Sphären, ließen sie aufbäumen, bis die Welle der Erregung abebbte und sie erschöpft in seinen Armen ruhen ließ.

„Nicht jetzt – bald schon, aber nicht jetzt!"
„Bitte, ..."

Der Moment wandelte sich und langsam zog er seine Hand zurück und ihren Rock wieder hinab.

„Hab Geduld, manches kommt schneller..."

Sehnsucht, ungestilltes Verlangen, stand in ihren Augen geschrieben, als er aus ihren Armen glitt und sich hinter die Bäume wieder zurückzog.

„Nicht jetzt ... bald schon ..."

Aufseufzend erhob sie sich, Grassträhnen blieben in ihrem Haar und der Kleidung zurück. Griff sich selbst zwischen die Beine, der Finger, den sie zurückzog, steckte ihn sich in den Mund und schmeckte ihre eigene Lust.

„Wann nur? Wann?"

Es war Zeit, ins traute Heim zurückzukehren und dort von späteren Ereignissen zu träumen, die Begierde war stark in ihr.

eruhsam wandelte Heynrich durch das Areal, sah mal hierin, mal dorthin und betrachtete die halb verschlafene Natur, die unter einer weißen Decke aus Schneeflocken ruhte.

Bis er auf einer Anhöhe stand und sich vor ihm eine abfallende Wiese erstreckte, ein kleines paradiesisch schönes Tal. Von goldenen Sonnenstrahlen erleuchtet, schimmerten ihm kleine Wasserflecken inmitten des Wiesengrundes entgegen.

Von der Anhöhe aus betrachtete er die Schönheit vor ihm und sah wie sich dünne Gräser unter leichtem Wind bewegten. Auf der gegenüberliegenden Seite nahm er einen Schatten wahr. Zwischen Ästen und Blättern verborgen, vermochte dies auch ein Trugbild sein. Ein Tier schloss Heynrich aus, waren die Bewegungen doch anders als von einem Hirsch oder Hasen, bis der Schatten sich zurückzog.

Weiter zog es den Geistlichen durch das riesig anmutende Areal, verließ mal hier, mal da die vorgegebenen Wege, betrachtete Stellen und kleinere Lichtungen, die ihm auffielen und schlenderte gemächlich voran. Vereinzelt entdeckte er Flecken, die sich wohl für ein Schäferstündchen gut eignen mochten und lächelte – auch ihm war dies nicht unbekannt.

Nach geraumer Zeit fand er sich vor einer riesigen Eiche wieder, deren ausladende Blätterkrone sich über viele Meter zu erstrecken schien. Pfiff der Wind hindurch, erklang es wie das Ächzen und Stöhnen eines alten Mannes, der bereit war, aus dem Leben zu scheiden. Vor diesem Baum hielt Heynrich inne, deutete eine leichte Geste dem Baum gegenüber an und schlenderte dann weiter.

Inmitten einer größeren Wiese entdeckte er einen Weiher. Schilfrohr säumte einen Teil des Ufers. Zu seinen Füßen fand er Raureif, kniete sich nieder und strich sachte über das darunterliegende Grün. Nachdenklich erhob er sich wieder, Kühle zog auf, brachte ihm Gänsehaut. Sonnenstrahlen spiegelte sich in der Wasseroberfläche, am Himmelszelt zogen dunkle Wolken auf und versetzten das Umfeld in surreales Licht. Eisig pfiff ihm der Wind durch die Haare, Kälte kroch ihm unter die Kleidung. Vor dem Ufer blieb er stehen und beobachtete. Wasser glitzerte, bewegte sich leicht unter den Bewegungen von zwei Enten, die entschwanden, als das Sonnenlicht ihn für einen winzigen Moment blendete.

Im Uhrzeigersinn umrundete Heynrich den Weiher, bis er vor einem Waldstück stand, das ihm zuvor verborgen gewesen war. Vorsichtig strich er alte, dürre Äste beiseite, einzelne getrocknete Blätter hingen daran, verstreut brachten rote Beeren farbige Tupfer in die winterliche Optik. Raureif ruhte über allem, griff mit seinen zarten Kristallen um sich. Vorsichtig trat er zwischen die Büsche und ließ die Äste hinter sich zusammenschlagen. Vor ihm lag eine Lichtung, auf der unübersehbar Wildtiere liebend gern ihr Lager aufschlugen.

All die Zeit fühlte sich Heynrich beobachtet. In seinem Nacken spürte er einen kühlen Schauer, einen Blick, der ihm zu folgen schien, seit dem Verlassen des Hauses. Während er Dornen der Büsche aus seinem Ärmel zog, ließ er aus den Augenwinkeln heraus den Blick schweifen, bis er sich sicher war und in Richtung des Schattens sah.

„Komm heraus!"

Ein weiteres Mal die Aufforderung wiederholend, blieb der Schatten nach wie vor zwischen den Bäumen verborgen.

„Fe ramu!"

Leben hielt inne, Zeit blieb stehen. Als öffnete sich das Tor in eine andere Welt, in der andere Zeitgesetze gelten mochten, dunkelte Licht ab und macht einer sphärenhaften, nebelgleichen Umgebung Platz.

ell schimmert der Mond auf die kleine Lichtung hinab. Es roch nach jungen Trieben, Kühle und etwas, das keinen Namen trug.

„Zieh dich aus!"

Mitten im feuchten Gras stehend, den frisch gefallenen Regen auf ihrer Haut fühlend, spürte sie eine leichte Gänsehaut.

„Zieh dich aus!"

Langsam ließ sie die Kleider zu Boden sinken. Ihre alabasterfarbene Haut schimmerte im Sternenlicht und leicht fröstelnd schlug sie die Arme um sich, bevor sie sie wieder sinken ließ, und fragte sich, warum sie nach wie vor Scham empfand, wo sie doch so lange nach ihm verlangt hatte.

Hinter ihr erklang diese tiefe Stimme, berührte eine Seite in ihr, von der sie nicht einmal wusste, dass sie existierte.

„Heute soll es sein!"

Und schwieg wieder, legte seine Hände auf ihre Schultern und drehte sie zu sich, hob ihren Kopf und gewährte ihr einen Blick in seine gelben Augen.

„Willst du mir gehören? Für heute Nacht?"
„Ja!"

Feuer in ihr erstarkte, Funken sprühte daraus hervor. Sie roch den Rauch, aus den Augenwinkeln erschien ihr, als würden die Flammen tanzen und zu *eigenständigen Wesen mutieren. Feuerschein beschien ihren jungen Leib, der sich nach dem ersten Begehren, dem ersten Berühren und der ersten Vereinigung sehnte.*

„Vertraust du mir?"

Darauf gab sie keine Antwort, sondern griff nach seiner rechten Hand und legte diese auf ihr Herz. Ihre Antwort, die mehr aussagte, als es Worte je hätten tun können.

Als sie ihre Augen beim nächsten Wimpernschlag öffnete, schien es ihr, als überzöge einer Kappe gleich feinstes, bläuliches Gespinst die Lichtung. Eisblau und hauchdünn bildeten die Linien eine Kuppel, verwoben sich ineinander, schimmerten wie Äderchen und wirkten, als würden sie pulsieren.

„Was ..."
„Hab keine Furcht ..."

Mit diesen Worten berührte er ihre Schulter, fuhr ihre Arme hinab und griff nach ihren Händen.

„Für diese Nacht bist du mein! Bist den Bund aus freien Stücken eingegangen – hast es vor ihnen geschworen!"

Staunend nahm sie Schattenumrisse wahr, Frauengestalten in weißen Kleidern und mit wallenden Mähnen. Sie lächelten und wirkten im gleichen Atemzug, als wären sie vollends entrückt.

Feuer brannte in ihrem Schoß, wollte gelöscht werden. Geweih erwuchs seinem Haarschopf, den Duft ihres Verlangens in sich aufnehmend, gab er es zurück, bis sie beinahe flehentlich seine Handgelenke packte und kräftig zudrückte. Wimmern entrang sich ihrer Kehle, ihr Verlangen nach ihm forderte seinen Tribut, bis sie sich diesem Empfinden hingab und Sicherheit fand, seine Hände auf ihre Brüste legte und ihn auffordernd ansah.

„Gut, du bist soweit!"

In ihrem Kopf erklang eine männliche Stimme, fremd und ihr doch vertraut, aus einer Höhle heraus, lauter, donnernder. Im Moment wollte sie einfach nur sein und genießen – ihn genießen. Hemmungen, Furcht und all die anderen Bedenken waren längst entschwunden. Ihn willkommen heißend, sank sie zu Boden und zog ihn mit sich.

Nebeneinanderliegend griff sie nach seiner Hüfte und ließ ihre Hand hinab gleiten. Diesmal verwehrte er ihr den Zugriff nicht, führte ihre Hand zu seinem Geschlecht, das stark und steif aufragte. Pulsierend ruhte es in ihrer Hand, pochend fühlte sie seinen Herzschlag daran. Nicht er war es, der die Feder führte, sondern sie drehte ihn auf den Rücken, nahm auf ihm Platz, führte ihn in sich ein und pfählte sich damit selbst. Ihr Hymen riss und das Blut benetzte ihn.

Erst in diesem Moment drehte er sie mit sich, bis sie unter ihm lag und stieß in sie, wieder und wieder, was sie zum Aufschreien brachte. Seine Härte in ihr und die Sehnsucht, die gelöscht werden wollte ... erst, als er sich in sie ergoss und ihr einen Hauch seiner Selbst schenkte, sackte ihre Begierde ab. Ihre Lust, die sich in Richtung Höhepunkt bewegt hatte und die darin enthaltene Energie entflossen in die Erde und das Himmelszelt. Einer Himmelswoge gleich brachten sie neues Leben mit sich, bereit für einen weiteren Zyklus.

elbst nach so langer Zeit spürte Heynrich die letzten Funken der Erregung, die Kraft jener Vereinigung, einen Nachklang des Geschehenen, ein Geschenk des Lebens.

Für einen winzigen Moment vermeinte er, die beiden eng umschlungen wahrzunehmen, wie sie „waren", sich auf ihre Lust konzentrierten und ihren Begierden freien Lauf ließen. Er lächelte. Auch, wenn er selbst seine Gelüste im Zaum hielt, so kannte er diese Empfindungen durchaus – und zog allein aus deren Existenz Kraft für andere Dinge.

Verblassend entschwanden die beiden aus seinem Blickfeld, hinterließen den Flecken Natur vor sich, bevor sie erneut auftauchten. Wie eine flackernde Kerze, die immer wieder kurz vor dem Erlöschen war, bevor sie schließlich ihre Kraft zurückgewann.

Stille lag über der Lichtung, an deren anderem Ende Fragmente einer alten Steinmauer standen. Ob diese natürlichen Ursprungs oder von Menschenhand geschaffen war, erschien auf den ersten Blick fraglich. Schweigend den Flecken Natur betrachtend, vernahm er leises Glucksen eines kleineren Quells, der bei Regen zu einem schönen Bächlein wachsen mochte.

Die Schönheit des Areals betrachtend, runzelte er leicht die Stirn, griff in seinen kleinen Beutel, den er selten ablegte. Seine Augen zusammenkneifend nahm er einen Schattenriss wahr, ein Paar, das sich auf der Wiese bewegte, sprühende Funken und tanzende Schatten - wie sich Irregeleitete wohl einen Hexensabbat vorstellen mochten. Die Sinne erweiternd, fächerte es in verschiedene Bilder auf, als ruhten mehrere

Scheiben dünnsten Papieres übereinander, die zusammen ein großes Ganzes ergaben.

Still betrachtend, vermeinte er, hinter den Büschen nach wie vor etwas wahrzunehmen, nicht zu weit nach vorne wagend, in Sicherheit wähnend.

Erst als der Geistliche den Rückweg antrat, wagte sich die Gestalt aus den Schatten der Bäume und Büsche hervor, bis zum Mittelpunkt der Lichtung. Als er sich auf alle viere niederfallen ließ und die Hände in den feuchten Untergrund krallte, zitterte er leicht. Seiner Kehle entrangen sich röhrende Geräusche, mehr einem Hirsch als einer menschlichen Lunge entsprungen. Er warf den Kopf hinauf in Richtung Firmament und schrie seinen Schmerz heraus.

Selbst auf Distanz fühlte Heynrich die Pein, die der Schrei trug, fühlte den Schmerz des Wesens. Die Natur erwachte und schrie im Gleichklang mit dem Gehörten – trauernd, schmerzerfüllt.

Langsam erahnte er, was Vallory bewogen hatte, ihm zu schreiben. Doch noch fehlten ihm Puzzleteile zur Lösung des Ganzen.

Wie das Geschöpf, so warf auch er den Kopf in den Nacken und blickte hinauf zum Firmament, wo die Wolken ihre stillen Bahnen zogen. Fröstelnd zog er seinen Mantel enger um den Körper, allmählich spürte er die Kühle immer deutlicher – es war Zeit, wieder ins Warme zu kommen und die Erkenntnisse zu einem Gesamtbild zusammenzusetzen.

In der warmen, nach Essensdüften riechenden Küche, saß die Alte schweigend neben dem Herd und hantierte mit Wollfäden in erdigen Tönen. Aus dem Backofen duftete es warm und köstlich – ähnlich den Gerüchen, wenn er in einer der

Klosterküchen Nachschau gehalten oder jemanden dort gesucht hatte.

„Pffffff...", pfiff es hinter ihm, als er die Tür schloss und sich an den Ofen stellte, die Hände dagegen streckend und sich daran wärmend. Doch obwohl er keineswegs leise war, schien die Alte ihn zu ignorieren, murmelte leise in sich hinein, wedelte mit ihren gichtigen Fingern herum und schwenkte dabei Fäden, als wolle sie einen Knoten lösen. Erst nach einigen Minuten hob sie den Blick und sah ihn an, durch ihn hindurch und wandte sich erneut ihrer Arbeit zu.

Schweigend setzte er sich in ihre Nähe, den Ofen im Kreuz und schloss die Augen, lauschte dem Umfeld, das sich ihm knarrend und ächzend als altes Gemäuer zu erkennen gab. Knisternd verbrannte Holz im Ofen, und der Duft nach frischem Kuchen drang allmählich in seine Nase. Wärme drang in seine kühl gewordenen Knochen und schenkte ihm neue Kraft.

Laut knallte die Tür gegen die Wand, Heynrich linste mit einem halb geöffneten Auge zur Tür und erblickte eine kreidebleiche Vallory. Ihr nach oben gestecktes Haar schimmerte rötlich-braun im Licht des Raumes, auf ihrem Gesicht lag ein Ausdruck, den er nicht zuzuordnen vermochte, nach dem zweiten Wimpernschlag entschwand der dunkle Schemen wieder von ihr. Sie schwankte und stützte sich an der Wand ab.

Nahezu gleichzeitig sprangen sowohl Heynrich als auch die Alte auf, fassten nach der Hausherrin und griffen ins Leere. Vallory schwankte, aber mit wenigen Schritten stand sie am Küchentisch und stützte sich dort ab, bevor sie zusammensackte. Jetzt erst war die Alte bei ihr und verhinderte gerade noch, dass sie mit ihrem Kopf an der Tischkante aufknallte.

Ihm zunickend, ließ sie ihren Griff lockerer, als Heynrich Vallory hochhob und mit Leichtigkeit in den Hauptraum brachte, wo nach wie vor die Flammen im Kamin prasselten und ein wohlig-warmes Ambiente schufen.

Vorsichtig bettete er sie auf die Bank und schob ihr ein zusammengerolltes Wolltuch unter den Kopf, ihren Mantel, den sie in den Ohrensessel gelegt hatte. Zart und zerbrechlich mit Ähnlichkeiten zu einer fein modellierten Porzellanpuppe, ruhte sie kaum wahrnehmbar atmend auf der Bank.

Heynrich griff nach einem kleinen Fläschchen aus seinem Beutel, benetzte einen Finger mit etwas Öl daraus und strich ihr damit über die Stirn. Unverständliche, leises Worte murmelnd, begleitete er die Bewegung, als spräche er ein Gebet für sie.

Wie versteinert harrte die Alte im Türrahmen aus, legte die Rechte über die Linke und schwieg. In ihren Augen standen Wissen und Verstehen geschrieben.

Unruhig begann Vallory leise zu wimmern und sich auf der Bank zu wälzen. Heynrich griff nach ihren Händen, hielt diese fest und sprach weiter leise, unverständliche Worte, bis Schluchzen aus ihrer Kehle erklang.

Irgendwann riss sie ihre Augen auf, starrte durch Heynrich hindurch ins Leere und rief ein einziges Wort, das selbst er nicht verstand, bevor sie erneut zusammensackte. Frieden erstrahlte auf ihrem Antlitz. Vorsichtig strich er über ihre Stirn, bis sie einschlummerte.

Wortlos und mit ausdrucksloser Miene griff er nach der Flickendecke und zog diese über Vallory, bevor er erschöpft an der Alten vorbeiging und in der Küche auf der Bank Platz nahm. Ebenso schweigsam griff sie in eines der Regale, holte eine Flasche hervor und schenkte großzügig ein.

„Hier!"

Dankbar nahm er den Becher entgegen und trank den darin befindlichen Alkohol. Schweißperlen glitzerten auf seiner Stirn, die die Alte versucht war, ihm mit einem Tuch abzuwischen, es dann doch unterließ, sich ihm lieber gegenüber setzte.

„Warum?" Und deutete auf das Nebenzimmer in Richtung Vallory.
„Warum? Sprich Klartext, Tochter, was meinst du?"
„Warum seid Ihr hier? Eine einfache Einladung alleine ist selten ein Grund!"

Selbst ihm erschien ihr Blick durchdringend. Ihre Hände gefaltet, legte sie den Kopf drauf, sah ihn von schräg unten her an und lächelte wissend. Heynrich antwortete mit einem Lächeln und spürte etwas an der Alten, das ihm vertraut vorkam.

„Gegenfrage – was weißt du Tochter, das hier vor sich geht?"

Darauf erhielt er erst keine Antwort von ihr, setzte dann zu einer Entgegnung an, klappte den Mund zu und warf ihm einen Blick zu, der einem leicht Angst einzujagen vermochte. Ihren Blick erwidernd, legte er seine rechte Hand auf die ihre, bis sie ihre Hand unter der seinen zurückzog und schräg, fast schon schüchtern, zu lächeln begann. Verträumt wirkte sie, seufzte innerlich auf und sah ihn beinahe verliebt an, bis sie tief einatmete und sich wieder in die Gegenwart wandte.

„Nun mein Kind, seit wann?"

Aufseufzend meinte sie dann: „Lasst mich ... nachdenken!"

Konzentration fiel ihr im Moment schwer. Innerlich konnte sich Heynrich ein Grinsen nicht verkneifen, wie viele Frauen reagierten auf ihn so wie sie es im Moment tat? In der Alten fühlte er eine Leere, eine Sehnsucht und den Wunsch nach Erfüllung von Altem. Überdeutlich kämpfte sie mit sich selber, sich wieder auf die Frage zu konzentrieren.

„Seit langem – kann mich nicht mehr richtig erinnern. Aber lange Zeit schon."
„Wie lange war sie hier, bevor dies begann?"

Spitzer Schmerz bohrte sich in seinen Kopf, eine Woge intensiver Gefühle und Emotionen, Furcht und Angst, wogten vom Schemen eines sich liebenden Paares zu ihm. Angst und Liebe, Furcht und Begierde schwangen in seine Richtung und verebbten abrupt wieder.

Verwirrt sah ihn die Alte an, zuckte mit den Schultern und meinte dann: „Ein paar Tage, Wochen vielleicht – ich kann mich nicht mehr genau erinnern! Es wurde schlimmer. Anfangs waren es nur leichte Attacken – bis auf die erste, dabei brach sie zusammen, blutete aus der Nase. Doch jetzt ... Wer soll ihr denn hier helfen können, wenn selbst der Himmelsfürst sie nicht zu heilen vermag?"

„Der Himmelsfürst ...", dachte er bei sich und spürte, dass sie ein besonderes Verhältnis zu diesem haben mochte, behielt aber seine Gedanken für sich. Bevor er eine weitere Frage stellen konnte, alarmierte ihn ein gellender Schrei aus dem Nebenzimmer und ließ ihn aufspringen.

Flötenmusik erklang ... sanft, zart und umschmeichelnd ...

... Dunkelheit umspann es ...

Zarte Töne drangen durch die Nacht.

.... Finsternis durchzog es ...

Hell erklangen die Noten der Melodie.

... Furcht schwang darin mit ...

Bis ein Schrei die Melodie unterbrach ...

... Kälte pflügte sich ins Herz ...

Schlagartige Stille ...

... Schmerz durchdrang das ganze Sein ...

Dann ein gellender Schrei ... und Stille.

einahe zärtlich erklangen die süßen Töne der Flöte, fröhlich, aufgeweckter und verlockender riefen sie zu Tanz und Genuß, luden ein, das Leben zu feiern.

Mit geschlossenen Augen und unterschlagenen Beinen hockte er auf dem blanken Erdboden, konzentriert auf das Flötenspiel, das er in wahrer Meisterschaft beherrschte – erlernt vom Besten der Besten vor einer Ewigkeit.

Um ihn herum herrschte Lachen, gute Laune und Freude – das pure Leben - während sie im Takt seiner Melodie tanzte und um ihn herum wirbelte. Nicht mehr als ein dünnes Tüchlein bedeckte ihren Körper, wohlproportioniert mit kleinem Bäuchlein und einer biegsamen Figur. Irgendwann kam sie aus der Puste und sank erschöpft vor ihm zu Boden. Gelächter und Wohlklänge, der Lebenslust entsprungen, verbanden die Welten miteinander, umhüllten die beiden Liebenden mit einem Kokon aus zarten Banden und schenkten ihnen Glückseligkeit.

Vor Anstrengung raste ihr Herz, entzückte ihn – Musik und Tanz zu höheren Ehren einer Gabe gleich. Das Leben, die Freude, Lust und Wohlbefinden zu teilen, das Geschenk, das ihr selbst zuteilworden war, weitergebend, im Einklang mit der Natur.

Noch verblieb Zeit. Die Flöte von den Lippen lösend, griff er nach ihrem Hals und zog sie zu sich, drückte seine Lippen auf die ihren, bevor er sie wieder losließ. Im Hintergrund verblieb ein Nachklang der Melodie.

Steif ragte sein Geschlecht auf, in Vorfreude auf das Kommende. Sich gegenseitig voller Verlangen ansehend, trieb das Empfinden der Lust sie einander in die Arme. Sein Geschlecht drückte sich gegen ihren Leib, was sie mit wohligem Seufzen goutierte.

Ausstrahlend, wonach sie verlangte, standen Begierde und Lust, Hunger nach ihm, überdeutlich in ihren Bewegungen. Seinen Brustkorb umfassend, drückte sie sich an ihn und zog ihn zu sich. Hungrig nach mehr, strich sie begehrlich über seinen Leib, fühlte die kräftigen Muskeln unter ihren Fingern. Als ihre rechte Hand seine Schenkel berührte, spürte er jenes Zittern, das keine Zweifel aufkommen ließ. Erst jetzt übernahm er die Initiative und strich ihr das Haar aus dem Gesicht und über die Schulter hinab.

Hauchdünne, leuchtend rote Fäden wanden sich aus ihrem Körper, tanzten zu imaginären Melodien. Das Leben in ihr, eine Art naiver Unschuld ruhte nach wie vor in ihr. Unverdorben von den alltäglichen Grausamkeiten der Gesellschaft verbanden sich die beiden mit der freien Natur.

Ihr scheuer Blick brachte ihn zum Lachen, bevor er ihr Haar packte und sie erneut zu sich zog, ihre Lippen einander treffend und wo sich seine Zunge Bahn brach in ihren Mund. Dieses Treffen erwiderte sie gerne, ließ es doch eine ganz andere Art der Lust in ihr aufsteigen, parallel zu jenem Begehren zwischen ihren Schenkeln. Ihr ganzes weibliches Geschlecht, ihr gesamtes Sein, sehnte sich nach dem Wesen an ihrer Seite, ließ vor Sehnsucht beinahe ihr Herz zerspringen.

Endlich griff er fester zu, drehte sie auf den Rücken und strich das Tuch beiseite. Bar jeglicher Kleidung ruhte sie neben ihm, spreizte begierig ihre Beine, sodass er leicht Zugriff fand. Sachte wollte er es angehen lassen, bis sie nach seinem Gelenk griff und seine Hand an ihren Venushügel legte. Bittend. Fordernd. Für einen winzigen Moment beließ er seine Hand dort, zupfte an ihren Schamlippen und ließ seine Finger nur ganz langsam tiefer gleiten, trieb sie damit beinahe in den Wahnsinn. Am Eingang ihrer Weiblichkeit schließlich hielt er inne, strich sanft über ihr Geschlecht, berührte ihr Hymen und nahm ihre Klitoris zwischen zwei Finger, spielte daran, bis sie vor Lust schier verging.

Schon wollte sie nach seinem Geschlecht greifen, ihn zu sich ziehen, in sich spüren.

„Bitte!"

Wimmernd drang nur dieses eine Wort aus ihrem Mund.

„Nein. Nicht jetzt! Zu früh ..."

Vorsichtig griff er nach ihrer Hand und zog sie beiseite.

Statt sich selbst und ihr einen Höhepunkt zu gewähren zog er sie an sich, umschlang sie mit starken Armen und drückte erneut seine Lippen auf die ihren. Die Zunge in ihrem Mund ließ sie ebenso erbeben wie die Hand zuvor. Innig die Verbindung ohne die tatsächliche Vereinigung, spielte er mit ihrer Zunge und drückte sie an sich, bis sie glaubte zu vergehen. Erst, als sie völlig losgelöst in seinen Armen hing und nur noch im Genuss schwelgte, hörte er auf. Lächelte sie an. Und sagte - nichts!

Enttäuschung trat in ihr Herz, als sie aufblickte und in seine gelben Augen sah. Zuneigung stand in ihnen geschrieben, ein Gefühl das Liebe ähnelte, und doch anders war, etwas, das sie nicht verstand.

„Sei geduldig!"

Trauer zog in ihr Herz ein und den Hals hoch wie ein dicker, fetter Stein, der ihr das Atmen erschwerte. Allzu gerne hätte sie dagegen protestiert und nach mehr verlangt, unterließ es jedoch.

Das Wohlgefühl der Tänzer um sie herum wandelte sich, die Melodie verstummte und stattdessen erklangen leise, geflüsterte Worte in ihrem Ohr, die sie nicht verstand, deren Bedeutung ihr jedoch vertraut war erkannte.

Nebeneinanderliegend strich er über ihren alabasterfarbenen Leib und lächelte sie an.

„Bald schon, sehr bald schon! Sieh die Sterne und das Licht, das bist du, wenn du wanderst, bist du, wenn du sehen kannst ... du bist all das in dir ... du kannst warten – kannst begreifen und erkennen. Hab keine Furcht ... nichts ist auf Dauer."

Als eine Träne aus ihrem Auge kullerte, drückte er sie an sich und seine Lippen auf die ihren. Ließ sie dann los und entschwand zwischen den Bäumen.

Hinter ihr standen tanzende Schatten und brachten sie zum Weinen. Sie wusste, dass er sie nicht alleine lassen würde und doch schmerzte es, wenn er ging. Jedes einzelne Mal. Leichter wurde es nicht – eher schwerer. Auf dem Boden kauernd, atmete sie tief durch und starrte hinein in das Dunkel des Waldes, bis *sie irgendwann ihre Kleider hob und sich anzog, es war Zeit für sie zurückzugehen.*

Zwischen den Bäumen zurückgezogen, beobachtete er sie. Zuneigung zu ihr im Herzen fühlend, musste er warten, durfte nichts überstürzen, auch, wenn er ihre Wünsche gerne gestillt hätte.

Erst, als sie endgültig aus seinem Sichtfeld entschwunden war, drehte er sich um und verschwand zwischen den Bäumen, auch sein Herz war schwer. Es war zu früh, sie würde in der Glut verbrennen, noch war der Moment nicht erreicht.

Die Lust in ihr, jenes Begehren tief in ihrem Inneren, das er nährte, würde sie stärken und wachsen lassen, wie Sonnenlicht und Wasser eine Pflanze zum Gedeihen brachten. Noch war sie zu zerbrechlich, würde sich darin verlieren. Wenn sie stark genug war – dann ...

üde stand der Hausherr im Türrahmen.

„Was habt Ihr getan?"

An den Tisch herantretend, baute er sich vor Heynrich auf, ignorierte dabei die Alte, als wäre sie Luft. Oury nahm ebenfalls Platz und sah dem Geistlichen direkt in die Augen, der den Blick erwiderte.

„Was habt Ihr mit ihr gemacht? Ihr tut meiner Frau nicht gut. Einladung hin oder her – Ihr müsst abreisen!"
„Aus welchem Grund?"
„Diese Anfälle – seid Ihr hier seid ..."
„... werden sie stärker?"

Stumm sah Oury ihn an und nickte, worauf Heynrich spürte, dass er am richtigen Weg war. Er hatte an etwas gerührt, das verborgen war über all die Zeit. Etwas, das längst heraus wollte und nur den Weg nicht gekannt hatte. In seinen eigenen Erinnerungen fand sich ein dünner, milchig-weißer Faden, der Vallorys Körper verließ und zu einem Schatten führte – jenem Schatten, den er einst im Türrahmen hatte stehen sehen.

„Nein, mein Gast bleibt!"

Aus dem Türrahmen wankte Vallory, die sich erbleichend am Holzrahmen festhielt und nach wie vor stark schwankte. Oury stürzte zu seiner Frau und griff nach ihr, stützte sie um die Hüften und zog sie mit sich. Schweigen. Resignation im Gesicht, Sorgenfalten auf der Stirn, wo er zuvor noch aufzubrausen begonnen hatte.

Die Alte sah Heynrich an und meinte: „Er liebt sie mehr als alles andere. Mehr als sich selbst. Sie ist ein gutes Kind, hat ein gutes Herz, verloren vielleicht – aber gut im Inneren. Hat viele verloren, die ihm so wichtig waren."

„Die Anfälle ..."

„... ja, sie werden heftiger als bisher und mehr. Aber ich ..."

In diesem Moment klopfte es an der Pforte, vor der ein Schattenriss stand. Erstaunlich flink erhob sich die Alte und öffnete die Tür, griff nach der Schulter der Gestalt und zog sie herein. Draußen hatte ein wahrer Wolkenbruch die Gestalt komplett durchweicht und ließ sie vor Kälte zittern. Vom Schnee schien nichts geblieben. Sie stellte den Weidenkorb auf den Tisch, den sie auf dem Rücken getragen hatte und schob die Kapuze des Umhanges zurück.

Darunter kam eine junge Frau mit rothaarigem Zopf zum Vorschein und bibberte vor kalter Nässe. Ihre Sommersprossen zierten Nasenspitze wie Wangen und die Augen hielt sie niedergeschlagen.

„Meine Tochter!"

Die Alte griff nach dem Inhalt des Korbes und entnahm den Inhalt. Sie hielt einen Beutel in Händen, ein dunkles, grob gewobenes Leinentuch, das sie aufschlug und in dem sich eine kleine Schachtel befand, eingeschlagen in Butterbrotpapier. Dieses hob sie an die Nase, roch daran und reichte es Heynrich.

„Öffnet es!"

Darin eingewickelt fand Heynrich ein kleines Holzbehältnis mit verschiedensten Verzierungen in Form von Blumen, Blütenranken und anderen Naturschönheiten vor. Aus dem Inhalt strömte ihm vertrauter Geruch entgegen, streng, mitunter widerwärtig empfunden und doch überaus nützlich.

Den Deckel schließend, reichte er die Schachtel der Alten zurück.

„Ich kenn das. Wieviel davon nutzt du, Tochter?"

Auflachend sah sie ihn an, schickte die Botin mit einer Handbewegung weg. Nach wie vor das Haupt gesenkt, zog sie ihre Kapuze wieder nach oben und verließ mit dem geleerten Korb das Gebäude, trottete ihrem Heimatort entgegen.

Heynrich mit dem Finger zudeutend, verließ die Alte den Raum.

Wie erwartet, lag Vallory wieder auf der Bank im Hauptwohnraum. Beim Kamin sitzend, erhob sich Oury, als die Alte eintrat und ihm die Schachtel reichte. Im Türrahmen stehenbleibend, beobachtete er ihn, wie er etwas aus dem Holzbehälter in einen Becher nahm, darin verrührte und ihn ihr unter die Nase hielt. Wenig später zeigte Vallory erste Lebenszeichen, als sie spuckend und hustend beinahe von der Bank rollte.

Ihr Blick wirkte glasig und die Bewegungen fahrig, setzte sich auf, streckte die Hand nach Heynrich aus und rief: „Faðir, bjargathur mer."
Schweiß stand auf ihrer Stirn, zerzaustes Haar hing ihr in die Stirn und ihr gesamter Anblick ließ sie geistig abwesend erscheinen.

Oury saß neben ihr, flüsterte ihr ein paar Worte zu, die ähnlich klangen wie „Ruhe mein Herz!"
In seiner Stimme schwangen Sorge und Trauer mit. Im Augenblick hielt sich Heynrich zurück, dies war eine Sache zwischen den beiden, auch wenn Beistand nicht schaden könnte, so war es doch eine Form von Respekt.

Um ihn herum erhob sich kaum wahrnehmbares Brausen und Pfeifen, als stünde er inmitten eines Waldes, durch den starker Wind pfiff.

Innerhalb dieses Gewirrs vernahm er Vertrautes, Stimmen, deren Klang ihm vertraut war, Worte, die nur jemand verstand, der sie selbst sprach. Zwischen all den Tönen und Klängen zerrte leises Wehklagen an ihm, das Herzen vermochte daran zu brechen. Schmerz und Sehnsucht, eingesperrtes Leben wollte frei sein. Tiefe Traurigkeit schwang darin mit und suchte nach einem Anker. Bis er den Eindruck verspürte, die Kraft dahinter könnte selbst an sein Herz gelangen. Zurückziehend verspürte er eine Ahnung der Wahrheit. Vallory war stark, doch bei weitem nicht stark genug.

*ell durchbrachen erste, kräftige Sonnenstrahlen die dichte Wolkendecke, schenkten der Welt unwirklich scheinendes Lichtermeer.*

„Du bleibst hier!"
„Nein – dazu hast du kein Recht!"
„Ich beschütze dich – das ist mein Recht!"
„Wovor willst du mich schützen? Wovor denn?"

Grimmig zerrte ein junger Mann eine gleichermaßen junge Frau am Handgelenk mit sich Stufen hinauf. An jedem Fenster, an dem sie vorbeikamen, tauchten sie in jenes eigenartige Licht ein, bis sie in einem einfach eingerichteten Zimmer standen, wo er sie mit Kraft auf eine Bettstatt schleuderte.

Grasflecken fanden sich auf ihrem Kleid, verdarben den hellgelben Farbton. Ihr linkes Ohr und ihre Wange schmerzten, gleichermaßen die Knie, als er sie über einige Meter über die Wiese geschleift hatte. Vorsichtig umgegangen war er mit ihr nicht. In seinem Inneren rumorte es vor Gefühlen, Emotionen und vor allem davor zu versagen sein eigenes Fleisch und Blut zu schützen. Dabei verstand er nicht, was sie am Freien so sehr faszinierte.

Kaum war er aus dem Zimmer geschlüpft, schloss er die Tür hinter sich, versperrte sie mit dem großen, alten Schlüssel, den er an seinen Gürtel hängte und lehnte sich gegen die Tür. Schwer einatmend fragte er sich, ob er das Richtige getan hatte, während sie auf der anderen Seite gegen die Türe hämmerte und weinend zu Boden sackte.

Tief atmete er ein und sagte mit fester Stimme: „Fürs Erste bleibst du da drin!"

Sein Herz verschließend, sich selbst damit schützend, ging er, während sie sich mit verweintem Gesicht aufs Bett warf, ihre Decke über den Kopf zog und still schluchzte, bis sie keine Tränen mehr hatte. Sachte, zuerst, kaum wahrnehmend, hörte sie von draußen leises Flötenspiel.

Die Tränen versiegten, sie erhob sich von ihrer Liegestatt, trat ans Fenster und sah hinaus.

„Marwju mei ju!"
Erklang aus ihrem Mund und im gleichen Atemzug vernahm sie es in ihrem Inneren.
„Marwju mei ju!"

Nebel wallte auf, begann das Umfeld zu verschlucken und die Sonne verblasste hinter neuen, dichteren Wolkenfetzen. Von draußen erklang Flötenspiel, das ihr Herz im Innersten berührte. Langsam verhallend nahm es ihr Herz mit sich und damit auch den unsäglichen Schmerz.

ber lange Zeit hinweg war Oury mit Kraft und Stärke durch sein Leben gewandert. Manchmal fand sich ein Moment der Ruhe, doch hier war er am Ende seiner Weisheit angelangt. Wie Heynrich dachte er nach, wollte seiner Liebsten beiseitestehen und ihr zur Genesung verhelfen und wusste doch nicht, wie er dies tun sollte.

Sich in sein eigenes, kleines Reich zurückziehend, stand er am Fenster und blickte nach draußen. Regen hatte den größten Teil des Schnees hinweg gewaschen und ausgetrocknetes Gras freigelegt.

Sorgen hatten sich mit Silberfäden in seinem Haar verewigt, die Schläfen zierte ein grauer Schattenrist. Falten zeigten sich an Augen- und Mundwinkeln. An sein letztes Lächeln konnte er sich schon lange nicht mehr erinnern. Wo der Geistliche jung und kräftig wirkte, fühlte er sich verbraucht und müde. Nach den Worten seiner Frau hätte er Heynrich für weit älter geschätzt.

Oury ballte die Hände zu Fäusten und verschränkte sie hinter seinem Rücken. Dezent lugte das weiße Hemd unter den Ärmeln der dunklen Wolljacke hervor.

Er starrte hinaus ins Freie, als könne er damit die Dinge verändern oder beschleunigen, unterdrückte den Impuls gegen die Wand zu schlagen und griff stattdessen zu einem Blatt Papier, einem Brief, der seit geraumer Zeit auf seinem Arbeitstisch lag. Wie oft er ihn schon gelesen hatte, vermochte Oury nicht mehr zu schätzen. Tränen traten in seine Augen. Während er las, bemerkte er nicht, wie eine Schattengestalt vor dem Gebäude stand und zu ihm hinauf sah, bevor sie sich wieder zwischen den Büschen verbarg.

chmerz durchdrang die Mauern, erbebte unter Wehklagen und Schreien.

Kälte schleuste sich eisigkalt in Körper, schaudernde Angst, hervorgerufen durch Emotionen, brachte Kummer mit sich. Längst waren die Tränen verweint, Trauer, die nicht zu heilen war, verblieb.

Wie so oft schlug die Gestalt mit ihren Hände gegen die rohen Mauern, schlug sich die Handgelenke blutig, den Schmerz des Herzens ertragen lernend. Schreie wandelten sich zu Wehklagen, als die Stimmbänder versagten.

Als die Flöte erklang, hielt sie inne und lauschte, beruhigt schlummerte sie der Melodie entgegen.

Während draußen der Wind pfiff, ebbte er im Klang des Flötenspiels auf und ab. Mit unterkreuzten Beinen hockte er auf dem weichen Erdboden und spielte Flöte, sah hinüber zu den Mauern, wo sein Herz gefangen war, ein Teil seines Ich, das er ihr einst schenkte und das ihn zu ihr hinzog.

Ihre Trauer spürend, konnte er ihr nicht helfen. Leid war ein Teil des Seins, nicht immer umsonst, mitunter nötig, um zu reifen. Sie würde verstehen, dass sein Geschenk ihr nahe war und sie stützte. Wie er ihr eine Teil seiner Selbst gab, spürte er ihren Kummer. Auch für ihn war es schwer.

Lange Zeit wartend, als sie hinter den Mauern verschwand, stieg das Sonnengestirn auf und sank *zurück, viele Male, wieder und wieder. Wartend kehrte er häufig an diesen Platz zurück, lauschte nach ihrem Atem, sehnte sich nach ihrem Herzschlag, der mit den Gezeiten der Sphären schwand und schwächer wurde, bis das Dunkel sich über sie legte.*

So hob er die Flöte an die Lippen und begann eine Weise zu spielen, die er vor Ewigkeiten im Hain gehört hatte. Drei Frauen umtanzten ihn dabei, gekleidet in weiße Schleier, unwirklich, als wären sie nicht hier. Während sie tanzten, wallte Nebel auf und legte sich über die Lande.

Immer wieder kehrte er an den Platz zurück, an dem sie sich einst geliebt hatten. Manchmal roch er ihren Duft, vermeinte ihren Körper zu schmecken. Niemals alleine und doch einsam.

Über lange Zeit hinweg quälte er sich, sehnte sich nach ihr und spielte wieder jene sanfte Melodie, die die verschiedensten Geschöpfe innehalten ließ, nur jene Seele, nach der er verlangte, fehlte. Manchmal schien ihm, ihr Licht sei erloschen, bis er wieder einen Funken ihrer selbst wahrnahm, wie sie nach ihm rief. So wartete er weiter, viele Tage und Nächte hindurch und versank selbst in seinen Melodien und wuchs daran.

ange stand Heynrich beim hohen Fenster, sah ab und an zu den prasselnden Flammen des Kamins hinüber und richtete erneut seinen Blick nach draußen zu den neuerlich aufwallenden Nebelschwaden.

Es hielt ihn nicht mehr im Gebäude, allzu eigenartig war die Stimmung. Draußen roch es nach Kälte, Schnee und Nebelschwaden. Es war spät geworden im Jahreszyklus.

Immer stärker wand sich ihm der Nebel entgegen, bis er ihn umschlang, seine Sicht trübte, und Heynrich sich von den Nebelmauern umgeben wähnte. Näher kamen die Nebelschwaden, bis seine Sicht verlorenging.

Heynrich hielt inne, schloss die Augen und lauschte. Wispern erklang um ihn herum, er hörte Blut in seinen Ohren rauschen und bemühte sich darum, das Gesprochene zu verstehen – was ihm misslang. So faltete er seine Hände wie zum Gebet, senkte das Haupt und flüsterte leise, gesprochene Worte.

„Was willst du?", vernahm er im Inneren, abgehakt und wie mit einem tiefen Ziehen unterlegt.

Statt einer Antwort hob er das Haupt und blickte direkt in die wabernden Nebelschwaden und hob die rechte Hand, führte geschwungene Bewegungen damit aus, die einem Kreuzzeichen ähnelten, woraufhin das Wispern verstummte. Es wurde still um ihn herum und ein Teil der Nebelwand öffnete sich. In dieser Nische wartete eine Gestalt auf ihn.

Jene Gestalt blieb an ihrer Stelle stehen, hob ihren Arm und streckte ihm die Handfläche nach oben hin entgegen. Bittend, bevor sie den Arm wieder senkte und sich umdrehte.

Hinter der Gestalt löste sich der Nebel, gab den Blick auf das Gebäude frei. Licht schimmerte aus den Fenstern. Wolkenlos hing das Firmament über seinem Kopf, von den Gestirnen keine Spur zu sehen, eigenartiges Dämmerlicht erhellte sein Umfeld. Tiefe Traurigkeit strahlte ihm entgegen, pure Verzweiflung griff nach ihm. Jammern erklang in seinem Innersten, bar jeglicher Worte und ohne Stimme. Erst, als sie sich vom Gebäude abwandte, verblasste das Bild.

Vorsichtig schritt Heynrich vorwärts, überwand eine imaginäre Schwelle und stand erneut inmitten dichter Nebelschwaden, vermeinte Schemen von Wesen wahrzunehmen, Gestalten, deren Kleidung die Nebelfetzen selbst bildeten. Schützend hielten sie Wache über die tragischen Elemente und führten doch den Weg voran, öffneten einen Pfad um ihn hindurch zu lassen.

Worte waren nicht nötig, er spürte, wohin er musste, wohin der Weg ihn führen mochte und fand sich bald bei einem Waldstück wieder. Sattes Grün lud zum Verweilen ein, Felsstücke und herumliegendes Holz von weichem Moos überzogen, boten ein sanftes Ruhebett, auf dem ein Liebespaar den Akt der Verbindung vollzog, sich nur sich selbst genügend.

Leben in seiner reinsten Form spielte sich vor seinen Augen ab, Güte und Zuneigung der anderen Seele gegenüber schenkte eine Verbindung des Herzens, wie sie nur selten in Reinform zu spüren war. Wo von oben sanftes Mondenlicht die Körper beschien, wärmte sie von unten das Moosbett.

„Erinnerungen!" Fuhr es mit weiblicher Stimme durch seinen Kopf. „Es sind Erinnerungen, wach und gebunden, Stücke eines Lebens zersplitterter Seelen!"

Wieder verstärkte sich der Nebel. Glockenhell erklang eine Stimme aus dem Hintergrund, lachte fröhlich auf, mal hier, mal dort, sang Lieder, deren Worte er nicht verstand, die in ihm den Wunsch nach einer Reise weckten. So frohgemut der Gesang auch war, trug er doch eine Traurigkeit mit sich, die sich um Heynrichs Herz zu legen begann, tentakelgleich ihren Weg in seine Sicherheit suchte, vom Kehlkopf zur Brust hinabzog und sich dort zu verfestigen begann.

Donnernd, mit Kraft darin, sprach er genau ein einziges Wort aus: „Fa weihu!"

Schlagartig wichen die Nebelschwaden zur Seite und lösten sich. Dämmerlicht machte Sonnenstrahlen Platz, das sich sanft den Raum zurückeroberte. Ruhe kehrte in sein Herz ein. Noch verblieben Nebelfetzen auf dem Boden, waberten gemächlich vor sich hin, bis auch sie sich zurückzogen.

Erst jetzt trat eine Gestalt aus dem Dickicht hervor, die Heynrich immer wieder gespürt hatte. Ein Geschöpf war es, mit hellen Haaren, die leichte Ansätze von Geweih trugen, kräftige Muskel zierten seinen Oberkörper, während sich seine Hände an den dicken Ästen zweier Birken abzustützen schienen. Etwas in dessen gelben Augen traf ihn ins Mark, als sich ihre Blicke kreuzten.

Verstehend nickte Heynrich der Gestalt zu, entließ sie zurück in den Wald. Nebelschwaden lösten sich gemächlich im Licht der heller werdenden Sonne auf, bis sie nur noch als Teil eines Traumes erschienen.

Unter dem Licht des Sonnengestirns stand das Gemäuer vor ihm in altem, leicht bröckeligem Kleid. Zum ersten Mal erspähte er Kanten und Scharten an den Mauern, abbröckelnde Teile, die von hohem Alter kündeten.

Verschiedenste Baustile zeugten von Generationen, die darin ihr Leben zugebracht hatten.

Zu seinen Füßen bedeckte morgendlicher Tau den Boden und hing auf den Grashalmen. Inmitten der Grünfläche sprossen Gräser, deren Duft ihn an eine längst vergangene Ära erinnerte, eine Gegend, in der er vor Ewigkeiten gewesen war. Gerüche trugen Erinnerungen mit sich, diese war eine bittere für ihn.

Nachdenklich hielt er inne, betrachtete sein Umfeld genauer, schloss die Augen und sog nur den Duft ein. Heidekraut bedeckte den Boden zu seinen Füßen – die ersten Ausläufer eines Moores – an dessen Rand er stand.

Vorsichtig setzte Heynrich einen Fuß vor den anderen, allzu gut um die Gefahren eines solchen Terrains wissend. Ein einziger Fehltritt und er würde einsinken, vielleicht niemals wieder daraus hervorkommen. Ein Moor mochte gierig sein, nehmen, was es bekam und war im gleichen Atemzug doch ein Geschenk für die Nachwelt, bewahrte, was es aufnahm – ein seltsamer Ort zwischen den Welten. Inmitten des Moores vermeinte er, Kinderlachen zu hören, Versuchungen ihn zu verlocken tiefer zu gehen.

Ruhe und Beschaulichkeit ließen diesen Ort heimelig wirken, bis ein gellender Schrei seine Aufmerksamkeit auf sich zog und ihn in Richtung Gebäude eilen ließ. Vallorys Stimme erkannte er klar und deutlich. Ein Unterton ruhte darin, der ihm seltsam vorkam, ihn alarmierte.

Bemüht nicht im Moor zu versinken – vernahm er hinter sich ein Wispern. Als er sich umsah, stand zwischen den Halmen und Gräsern eine dunkelhaarige Frau in Weiß, in Richtung Haus deutend. Wie leicht vermochte ihr Anblick Angst zu erzeugen und wie oft in ihrem Handeln missverstanden.

Heynrich verstand und eilte zurück zu seinem Patenkind, die mit wirrem Blick, verweinten Augen und zerzaustem Haar vor ihrem Gatten hockte, ihre Handgelenke von ihm gepackt, nichts verstand. Seiner ansichtig werdend, riss sie ihre rechte Hand los und streckte sie Heynrich entgegen.

„Faðir mei, hjálpi mér!"

Hilflos stand der Hausherr vor ihr, sein Blick ließ erkennen, dass er längst aufgegeben hatte. Heynrich griff nach Vallory, packte sie unter den Achseln und zog sie hoch.

Eine kurze Bemerkung flüsterte er ihr ins Ohr und zog sie mit sich, setzte sie in einen der Stühle neben dem Kamin. Mit glasigem Blick sah sie die beiden Männer an, gab unverständliche Worte von sich und wehrte sich nicht dagegen, dass Heynrich ihr mit einem Tropfen Öl aus einem Fläschchen aus seinem Beutel auf die Stirn zeichnete.

Kaum löste er seinen Finger von ihr, brach sie in Tränen aus, ließ sie die Wangen hinabfließen, als hätten sich die Schleusen ihres Inneren geöffnet. Schmerz schoss durch ihr Innerstes, griff nach ihrem Herzen, ihrer Seele und perlte an allem ab. Schluchzend drangen unverständliche Worte aus ihrem Mund. Nach ihren Handgelenken greifend, drückte er diese gegen die Stuhllehnen und hielt sie fest, bis sich ihr Blick verklärte und die Tränen aufhörten.

Erst in diesem Moment griff er nach ihrem Kinn, schob ihr Haupt nach links und nach rechts, sah ihr tief in die Augen und strich ihr erneut über die Stirn, das Öl verwischend. Erst nach einigen Atemzügen kehrte ihr zuvor klarer Verstand zurück und sie sah erst den einen, dann den anderen an.

„Was .....?"

Sich erinnernd an eine leidenschaftliche Nacht mit einem Mann mit gelben Augen, riss sie ihre eigenen weit auf. Die Gefühle, Lust und Begierden, sich selbst vergessend, dieses zügellose Leben-genießen, fühlte sich für sie überwältigend an.

„Ein Fiebertraum, liebes Kind, nichts anderes!"

Sanfte Worte verließen seine Lippen, ihr helfend, sich wieder im Geiste bei ihnen einzufinden. Oury griff nach ihrer linken Hand und strich ihr sanft über die Wange, bevor er Heynrich ansah.

„Was habt Ihr gemacht?"
„Ihr geholfen, wie es meine Aufgabe ist, Oury. Sie ist ein unsteter Geist, der Frieden sucht."

Vallory wirkte, als wolle sie erneut in Tränen ausbrechen.

„Sch.. es ist gut, meine Liebe – es ist gut. Atme tief durch und sieh mich an!"

Sie tat wie ihr geheißen und blickte dann Heynrich in die Augen, der erkannte, dass sie klar genug im Kopf war um die Tragweite des Geschehenen zu erahnen.

„Liebes Kind, was fühlst du, wenn es dir so geht wie zuvor?"
„Vater, ich ...."
„Sprich ruhig, es ist in Ordnung!"
„Ich fühle mich verloren, spüre mich nicht mehr, verliere den Halt!"
„Was noch?"
Ihr begannen die Worte zu fehlen.
„Vater, darum schrieb ich den Brief, darum bat ich um Eure Hilfe. Ich weiß nicht, was in diesen Momenten geschieht, ich bin nicht mehr ich selbst, fühle mich, als würde ich

schlafwandeln, als würde ein anderer mein Ich befehligen und leiten! Es macht mir Angst!"

Diesmal hielt sie sich nicht zurück, sondern umschlang den Geistlichen wie damals vor all den Jahren als Kind. Heynrich umfasste sie, spürte ihr Zittern und die wieder fließenden Tränen, wusste, sie brauchte diesen Körperkontakt, bis sie ihn losließ.

„Danke!"
Nun atmete sie tief durch und meinte: „Vater, dies muss endlich aufhören. Bitte!"
„Ich werde dir helfen, mein Kind! Doch erst, erzählt! Seit wann geht das so? Und diesmal genauer – keine Ungereimtheiten, keine Ausflüchte!"
„In der Hochzeitsnacht ... sie hatte eine andere Augenfarbe, nicht ihr Blau, sondern anders – grünlicher. Sie lag bei mir und verhielt sich ..."

Atmete durch und fuhr fort.

„Eine Frau sollte sich nicht so gebärden. Ihre Lust zügeln ..."
„... und tat sie dies?"
„Nein. Diese Nacht war anders als alle die anderen Male danach."
„War sie ..."
„Vater – bitte!"

Vallory lief rot an und senkte verlegen den Kopf.

„Sie verhielt sich wie eine Hure!"
„Ich verstehe – und die anderen Nächte?"
„So wie es sein sollte!"
„Verstehe!"

Heynrich drehte sich von ihnen weg, trat an das Fenster und sah hinaus. Er ahnte inzwischen, wo das Problem lag, dachte nach und wandte sich dann wieder Vallory zu.

„Liebes Kind, Tochter, welche Sprachen sprichst du?"
„Nur diese eine."
„Kennst du sonst noch andere?"
„Nein, Vater, nur Latein, doch das erlernte ich nicht."
„Ist schon gut, mein Kind. Du erinnerst dich an gar nichts?"
„Nein. Ich fühle mich nur sehr müde!"
„Dann schlafe! Ruh dich aus, wir sprechen morgen!"

Gehorsam nickend, verließ sie erschöpft den Raum. Es fehlte ihr an Kraft.

„Sollten wir sie nicht ..."
„Nein. Sie ist wieder sie selbst, wenn sie schläft, wird sich ihr Geist beruhigen! Doch jetzt sagt mir, Oury, wie war sie, als sie bei Euch einzog? War sie gesund?   "
„Ja, und durchaus lebhaft. Ich mochte ihren Geist und ihren klugen Verstand, ihr Herz und ihr Wesen. Ich verliebte mich in dieses bezaubernde Geschöpf. Doch wie Ihr sehen könnt, es ist nicht viel davon verblieben!"
„Mein lieber Sohn, ein neues Umfeld verändert einen Menschen mitunter mehr, als es auf den ersten Blick erscheinen mag. Vallory ist ein gutes Kind, ein starkes Wesen und doch leidet sie!"

Er ging einmal um den Hausherrn herum und blieb dann direkt vor ihm stehen.

„Es ist ein Irrtum, wenn Ihr denkt, dass Frauen all ihre Begierden zu zügeln haben und wenn sie Lust leben, dann nur in geringem Maße. Für den Ehestand mag es eine Bereicherung sein sich dem anderen in Liebe hinzugeben und diese auch zu genießen, denn dafür wurde sie dem Menschen mitgegeben. Zu stark gezügelte Begierde hingegen vermag Schmerz und Pein anzulocken und empfindsam für längst vergrabene Träume machen."

Entgeistert blickte Oury seinen Gast an und verstand die Welt nicht mehr, dass ein Geistlicher so offen über Lust sprach. In ihm gärte eine Mischung aus allen möglichen Emotionen, er lief kreidebleich an und erstarrte. Darauf einsetzende peinliche Stille wurde durchbrochen von kaum wahrnehmbarem Flötenspiel.

Erneut wallte Nebel vor dem Gebäude auf, dichter und stärker als zuvor.

„Sie war gesund, als ich sie kennenlernte. Sie war bezaubernd, unschuldig und das Gegenteil dieser alten Mauern hier. Ich suchte damals nicht unbedingt nach einer Gattin, war der Geschäfte wegen in London. Dann sah ich sie, wie sie sich um die Gäste in meinem Hotel kümmerte und es war um mich geschehen. Ich hätte auch andere Frauen haben können, sie jedoch ... sie ist mir wichtig. Ich habe Angst um sie!"
„Dann ist es vielleicht an der Zeit, dass Ihr mir die Wahrheit sagt! Ich kann Euch helfen, aber dazu muss ich die tatsächliche Wahrheit kennen!"

Oury wirkte gebrochen, als er Heynrich ansah und ihn in Geheimnisse einweihte, die bislang in diesen Mauern nicht ausgesprochen worden waren.

*ll die Zeit, die sie hier verbracht hatte, eingekerkert in dunklen Räumlichkeiten, die ihr Angst einjagten, obwohl sie doch nur ihrem Schutz dienen sollten, Furcht drang immer tiefer in jede Faser ihres Leibes ein und hielt sie mit klammen Fingern gefangen.*

Immer wieder kam von draußen die Stimme ihres Bruders, der ihr regelmäßig Essen brachte, sie immer wieder um Vergebung bat und doch keine Vergebung brachte. Dann hockte sie meistens mit Tränen in den Augen auf ihrer Seite der Türe und lauschte jenem Flötenspiel, das Erinnerungen in ihr wachrief.

Ihre Kräfte ließen nach, bis sie selbst zu schwach war den Teller mit den Speisen zu sich heranzuziehen. Alles verschwamm ineinander, die Tage und Nächte gerieten zu Schemen in ihrem Sein, bis sie sich nicht mehr bewegen wollte. Längst war ihr Herz entschwunden, ihre Kraft entflohen. Ermattet ruhte ihr Leib auf dem Lager und ihr Bruder erhielt auf seine Worte nur noch Schweigen. Nur noch die Erinnerung an jene Melodie hielt sie aufrecht, bis auch diese Erinnerung floh.

Erst, als die Laute verklangen, die Worte entschwanden und sie selbst ermattete, ihr Leib schwer wurde, da begann sie zu sehen und zu verstehen. Zu Boden sackend, verlor sie jegliches Gefühl und ihr Licht erlosch.

In diesem Moment gellte ein „Nein!" durch die Wälder der kleinen Insel bis weit hinaus auf die hohe See. Ein Geschöpf sank trauernd zu Boden und schrie vor

Schmerz auf. Bitterkeit übernahm, so hob er die Flöte an die Lippen und spielte eine Weise, die er selbst noch nie zuvor gehört hatte. Sein Herz dirigierte und griff nach der Melodie, bis die Weise daraus sich zu Nebelgebilden formte, aufwallte und seinen Schmerz hinaustrug, dem Firmament entgegen.

Um ihn herum erklangen Flügelflattern, Wurzeln erhoben sich aus dem Erdreich und umfingen sein Ich, zogen ihn hinab und hielten ihn, beschützten ihn vor dem Schmerz. Tief im Nebel verborgen stand eine weißgekleidete Frau mit dunklen Haaren, ertrug es kaum, ihren Sohn so leiden zu sehen, und zog mit einer Geste ihrer Hand Schlaf über den Knaben in seinem Inneren.

Für den einen Moment gewahrte er der Frau und hielt inne. Sah zu ihr, längst waren die Grenzen überschritten, der Schmerz hinausgeschrien.

„Móðir!“

Die Gestalt verharrte, sah sie an. Nie zuvor hatte er so intensiv empfunden, sein Herz verschenkt und es zerbrechen gefühlt. Nie zuvor war der Schmerz in seinem Inneren so stark gewesen. Junges Leben in sich, das so unschuldig so viel gab und zurückbekam. Er hatte sich geöffnet, Verletzlichkeit ermöglicht. Jedes Geschöpf der Insel spürte den Schmerz in ihm und trauerte mit ihm, bis ihn die Kraft verließ. Nebelschwaden umschlangen ihn, auf einem Bett aus Laub ruhend, legten sich Nebeltropfen auf seinen Leib. Worte und Klänge, die er nicht verstand, drangen an sein Ohr, zarte Weisen, die sein Herz trugen und die Seele in ihm umhüllten, ihm Trost spendeten, bis er den Schmerz in seinem Innersten vergaß und einschlief.

twas drang in ihre Träume, es roch nach Moos und feuchter Erde, vor sich sah sie Wurzeln, die ihr als Treppe dienten.

Vorsichtig trat sie auf pulsierendes Leben, spürte in den Wurzeln den Herzschlag der Pflanze, vermeinte, sie würden sie heben, nach oben tragen und sie am Ende der Wurzeltreppe auf feuchter Erde absetzen.

Hell schimmerte Mondlicht zwischen den Bäumen hindurch, es blieb schattig, der Geruch in ihrer Nase erzählte von Träumen nach Liebe, Genuss und Erde - und vom Wunsch nach Leben.

Als sie zurückblickte, hatte sie den Baum hinter sich gelassen, die Wurzeln im Dunkel der Nacht entschwunden und sie selbst stand vor einem schmalen Pfad, der sich zwischen Bäumen hindurch schlängelte.

Zwischen diesen Bäumen stand ein Schatten, ein Umriss, den sie immer wieder wahrgenommen hatte und aus dessen Richtung ihr Gesang entgegenschallte. Zarte, kaum wahrnehmbare Nuancen, die in ihrem Ohr sphärenhaftem Gezwitscher glich. Der Schatten selbst stand zwischen den Bäumen, wartend auf ihre Entscheidung. Längst hatte sie eine Grenze hinter sich gelassen, eine Grenze, die sie nicht mehr zurückzugehen vermochte, selbst wenn sie dies gewollt hätte.

„Sieh niemals zurück!" Worte, die in ihrem Inneren aufgetaucht waren, Worte, die sie gemahnten nach vorne zu sehen, bis sie stark genug war, sich ihren alten Ängsten zu stellen.
„Komm!", erklang der Ruf und ließ sie aus ihrem Schlaf aufschrecken.

Ohne zu wissen, was sie tat, schlüpfte Vallory in ihren Morgenmantel und verließ das Gebäude, trat hinaus in die kalte Nacht, setzte ihren Fuß auf den feuchten Rasen und entfernte sich dabei immer mehr von ihrem gemütlichen Bett.

Nach ungezählten Herzschlägen stand sie vor einem kleinen Wäldchen, Nebel waberte darin, es rief nach ihr. Zwischen den Bäumen trat der Gehörnte hervor, streckte seine rechte Hand nach ihr aus und wartete. Vallory legte ihre Hand auf seine rechte Wange, nicht viel mehr, denn eine leichte Berührung, die so viel mehr in sich trug, mehr, als es je Worte auszudrücken vermochten.

Diese zarte Berührung eines Menschenkindes löste eine Sperre in ihm, eine selbst auferlegte Grenze. Nach ihr greifend, umfasste er sie, zog sie zu sich und drückte seine Lippen auf die ihren, spürend, wie ihr Mund leicht geöffnet war und behielt doch seine Zunge bei sich.

Abwartend blieb er vor ihr stehen und blickte sie auffordernd an. Obwohl sie den Kuss gerne länger gespürt hätte, hielt sie sich zurück, fuhr mit ihrer Hand von der Wange zu seinem Herzen, wollte seinen Lebenspuls fühlen. Unter ihrer Hand fühlte sie das Spiel seiner kräftigen Muskeln, die von Stärke und gleichermaßen von Beschützerinstinkt sprachen. Das Herz eines Kriegers steckte in ihnen. In ihren Augen vermischten sich ihre Gefühle zu etwas noch nie zuvor Empfundenem.

Leicht legte er seine rechte Hand auf ihre linke und wartete.

Im silbernen Mondenschein schimmerten die Narben auf seinem bloßen Oberkörper wieder. Narben, die er in vielen Leben davongetragen hatte. Narben, die jede eine eigene Vergangenheit trugen und von Schmerzen berichteten.

Für einen Moment sahen sie sich an, trafen sich ihre Blicke und spürten eine Verbindung jenseits von dieser Welt.

„Fjarnamur deyr", flüsterte er ihr zu und strich ihr dabei über das zerrupfte, offene Haar. Leicht zitterte seine Stimme dabei. Momente vergingen im Gefüge der Zeit, undurchdringlich und ungebrochen – als stünden sie beide in einer Zeitfalte, gelöst aus dem Dickicht des Seins – einem Zeitpunkt zwischen zwei Flügelschlägen eines Schmetterlings.

Jäh unterbrach lauter Donner diesen Moment der Innigkeit. Er packte sie am Handgelenk und zog sie mit sich in den aufsteigenden Nebel. Geruch nach Schießpulver lag in der Luft.

„Bleib stehen!" Brüllte ein Mann, der einem Irren gleich heraneilte und ebenso in den Nebel eintrat. In seiner Hand hielt er ein langes, schlankes Gewehr, bereit den nächsten Schuss zu lösen. Der Nebel schluckte die beiden, behütete sie vor der Nachstellung.

Vallory riss ihre Augen auf, fühlte, wie der Gehörnte sie losließ und der Nebel sich zwischen ihnen verdichtete. Wie der Gehörnte entschwand, verlor sich auch der Mann mit dem Gewehr.

„Warte auf mich, mein Herz!", hörte sie in ihrem Inneren rufen. „Warte auf mich!"

Verwirrt stand Vallory da, wusste nicht, wie ihr geschah, sie war alleine. Die Geräusche von außen verblassten und wurden leiser. Bis sie verstummten und sie sich wie in einem anderen Leben wähnte.

Ihr helles Kleid schimmerte durch die Nebelschwaden, gedämpft vom dunkleren Farbton des Morgenmantels. Ihr

Haar wehte im nicht vorhandenen Wind und ihre vorsichtigen Schritte wirkten mehr als unsicher.

Verloren stolperte sie durch die Nacht, bis sie einem Mann in der Kleidung eines Geistlichen in die Hände lief. Es wirkte auf sie, als würde er in ihr Herz blicken.

„Folge mir!" Schien er zu sagen, ohne zu sprechen, trat zu ihr und reichte ihr eine Hand, die sie ergriff. Er geleitete sie durch die Nebelschwaden, bis sie am Rande des Nebels anlangten, wo er ihre Hand losließ.

„Geh!", hieß sie der Geistliche und trat ein paar Schritte zurück. Tränen traten in ihre Augen, als sie sich umdrehte und wieder alleine war.

„Chuwit, chuwit!", hörte sie klagendes Geschrei von Vögeln über sich. Licht vor ihr begann sich zu entfernen, umschlungen von Nebelschwaden stolperte Vallory erneut vorwärts, bis sich der Nebel zu lichten begann und sie vor dem Haus stand.

Erschöpft stolperte sie die Treppen hinauf, warf sich auf ihr Bett und blieb lethargisch liegen. Zeit verrann, bis sie an der Schulter geschüttelt wurde und ihr Bruder sie anfauchte.

„Wach auf! Wo warst du?"
Schüttelte sie, doch sie blieb apathisch liegen.
„Sprich zu mir!"

Als sie ihn ansah, blickte sie aus leeren Augen auf ihn, drehte sich zur Seite und bedeutete ihm damit, er möge sie alleine lassen. Ihr Herz war schwer geworden, Leere eingezogen.
„Geh!" Flüsterte sie ihm zu und schloss die Augen, ihre Tränen gingen ihn nichts an. Die Dunkelheit hinter ihren Lidern brannte ebenso wie die Sehnsucht in ihrem Herzen.

Kraftlos blieb sie auf ihrer Bettstatt liegen, fühlte sich leer und ausgebrannt und griff nach dem Kissen, das sie wie ein Kuscheltier umklammerte. Sie bemerkte nicht, wie ihr Bruder das Zimmer verließ und die Pforte hinter sich schloss, der nicht verstand, wie seine Schwester sich dermaßen verändern konnte. Einst lebhaft und an allem interessiert, hatte sie all das verloren. Von draußen lehnte er sich an die Tür, atmete tief durch und beschloss vorerst, sich um seine Arbeit zu kümmern, bis er eine Idee hatte, wie er ihr zu helfen vermochte.

ellend erwachte Vallory aus dem Schlaf, ihr ganzer Körper war verschwitzt und sie fühlte einen Verlust in sich, der ihr Herz zersplittern ließ.

„Verlass mich nicht!" Klang es in ihr nach und das Gefühl, jenes Wesen schon seit immer zu kennen.

Tränen flossen ihre Wangen hinab. Im Nachtkleid eilte sie an ihr Schreibpult, griff nach Papier und ihrem Federhalter, kritzelte einige Worte auf das Blatt, bevor sie zu Boden sank und das Bewusstsein verlor.

Als sie erneut erwachte, blickte sie in die Augen ihres besorgten Gatten. Das Sonnenlicht schien in die Räumlichkeiten, die Schrecken der Nacht verschluckend.

„Was ..."
„Sch ... es ist alles gut, Liebes!"
„Was ...."

Verwirrt blickte sie sich um und sah erst dann die offene Tür, in dessen Türrahmen eine vertraute Gestalt erblickbar war.

„Vater?"
„Kind, liebes Kind ..."

Heynrich trat an ihr Bett und wischte ihr mit einem Tuch über die Stirn und blickte in ihre Augen. Er hatte genug gesehen. Schon wollte er sich wieder entfernen, als sie nach seinem Handgelenk griff.

„Bitte, ich ertrage das nicht mehr!"

„Beschreibe mir, was du empfindest, was in dir vorgeht!" „Wie soll ich etwas beschreiben, für das ich keine Worte habe? Wie soll ich es erklären?"

Verzweifelt blickte sie den Mann an, der sich an den Rand ihres Bettes gesetzt hatte und sie liebevoll betrachtete, wie ein Vater seine Tochter. Er beugte sich vor und strich ihr leicht über die Stirn, sodass sie sich wieder fing, zog sich aber augenblicklich wieder zurück.

„Kennt Ihr das Gefühl, etwas verloren zu haben, es nicht greifen zu können? Zu warten und nicht zu wissen, ob das Verlorene wieder zurückkommt?"
„Ja, Tochter, dies Empfinden ist mir durchaus vertraut!"
„Dieser Verlust, dieses Gefühl .... keine Furcht, keine Trauer, nur ... Einsamkeit im Herzen!"

Wie es sich nun mal anfühlte, wenn man einen Teil seines Herzens verschenkt, dieser Teil vermag auf lange Zeit oder auf ewig von einem weg sein, verborgen, bis er wieder gefunden wird. Manchmal mochte es schmerzen und dann wieder eine Verbindung zur anderen Seele herstellen, der es überantwortet worden war.

„Seit wann empfindest du dies?"
„Ich weiß es nicht ... träume, schlafe, erwache ... Spüre mich selbst nicht und doch zugleich ein anderes Ich ..."
„Du hast eine Gabe, die dir Leid aufzubürden scheint. Doch in Leid steckt der Kern von Wachstum, von Erfahrung und von großen Gaben und Gesten des Göttlichen."
„Vater?"
„Noch weißt du nicht damit umzugehen. Vertraust du mir?"
„Vater? Wie meint Ihr das? Natürlich vertraue ich Euch!"

Erneut strich er ihr über die Wange, bevor er seine Hand zurückzog.

„Kind, ich kann dir nur helfen, wenn ich dein uneingeschränktes Vertrauen genieße!"
Ohne zu zögern meinte sie: „Ja, ich vertraue Euch, Vater!"

Nickend erhob er sich und bedeutete eine einfache Geste in ihre Richtung und murmelte einige Worte, die sie nicht verstanden. Trat danach erneut zu ihr, setzte sich wieder auf den Rand der Sitzfläche und griff nach ihrer Hand.

„Siehst du etwas Bestimmtes? Ein Gesicht? Ein Gelände vielleicht?"

Vallory schüttelte den Kopf. Er spürte, alleine indem er ihre Hand hielt, weit mehr, als sie mit ihren Worten sagte – und ließ sie wieder los.

„Du berührst etwas in deinem Inneren, wenn du dich loslässt. Das ist deine Stärke, gleichwohl auch deine Schwäche."
„Was meint Ihr, Vater?"
„Sieh in dein Herz, Tochter, sieh genau hin und sag mir, was du siehst!"

Verwirrt nahm sie seine Worte auf und meinte dann: „Wenn ich schweige, höre ich sie ... ihre Stimmen und fühle mich zersplittert!"
„Wir alle tragen etwas in uns, das wir vor uns selbst verbergen. Du fühlst es, greifst danach. Viele ertragen nicht, diesen Teil des Ich zu spüren, du jedoch, mein Kind, hast eine Stärke, die du selbst noch nicht erkennen kannst – und du hast eine Gabe!"

Wandte sich dann zurück und meinte: „Lasst uns alleine! Ich möchte keinem Leid zufügen!"
„Was habt Ihr vor?"
„Befreiung! Gebet!"

Beinahe schon ergeben trat Oury zurück und verließ den Raum.

„Bist du bereit mein Kind?"
„Ja."
„Völuspá!" Erklang es aus Stimmen, die nur er vernahm, wispernd, raunend.
„Kind, was ist wirklich los? Sprich direkt und sei ehrlich – nur so vermag ich dir zu helfen!"

Verwirrt blickte sie ihn an.

„Was meint Ihr, Vater?"
„Sieh in dich hinein. Was du fühlst, kommt nicht von ungefähr. Du spürst Dinge, die andere nicht spüren, das erkannte ich bereits vor vielen Jahren. Hast du dich nie gefragt, warum ich dich lesen und schreiben lehrte, aber andere nicht? Warum ich dich in die Obhut der Schwestern gab?"
„Ich weiß es nicht."
„Du wirst es bald erfahren. Was geschieht, hat einen Grund, auch, wenn wir ihn nicht immer verstehen. Oft verborgen hinter anderem."
„Ich weiß nicht, was Ihr mir sagen wollt!"
„Horche in dich hinein und schildere!"

Stillschweigend tat Vallory, wie ihr geheißen und sah ihm dann in die Augen.

„Manchmal ist da ein dunkler Schatten, den ich nicht sehen kann. Kennt ihr es, wenn die Dunkelheit schwarz ist und Ihr dennoch glaubt, da stünde ein Umriss? Genau das nehme ich wahr."
„Gut und nun öffne den Mund!"

Er griff in seinen Beutel. Was er hervorholte, legte er ihr auf die Zunge.

„Leg es unter deine Zunge und lass es dort liegen!"
Folgsam gehorchte sie und verzog den Mund.
„Horche in dich hinein – sag mir, was du siehst!"

Vallory blickte ihn mit einem Ausdruck in den Augen an, der ihn fast zum Lachen brachte. Es war immer wieder amüsant, wenn bitterer Geschmack verstärkt wurde. In dieser Ablenkung konzentrierte sich Vallory auf den Geschmack, löste sich von Trauer und Schmerz.

Und doch hielt dies nur einen Moment, bevor sie die Augen verdrehte und ihre Gefühle in ihr erneut überwältigend nach oben kamen. Sehnsucht schlug die anderen und ließ sie aufheulen vor Kummer, Tränen schossen aus ihren Augen und sie ballte vor Schmerz die Fäuste. Heynrich griff nach ihren Handgelenken und hielt sie fest.

„Bitte ... lass ..."
„Sch ... konzentriere dich ... atme durch! Was siehst du?"

Seine beruhigende Stimme erklang durch den Nebel in ihrem Inneren hindurch und halfen ihr dabei, sich zu konzentrieren. Wo sonst die Energie in den Anfällen verpuffte, vermochte sie nun klarer zu sehen und mehr um sich herum wahrzunehmen. Durch den Nebel tappend, zerbrach etwas in ihr, eine Mauer begann zu bröckeln, die sich um ihr Herz gelegt hatte.

Schemen wagten sich hervor, Nebelschwaden zogen auf und aus dem Schatten trat eine Gestalt an sie heran.

Sehnsüchtig griff sie nach seinem herben Gesicht, mit all den Kanten und Falten, so zog es sie doch an. Das kastanienbraune Haar schimmerte im nicht vorhandenen Licht, berührte kräftig gebaute Schultern. Waren die Augen noch dunkel, so zeigten sie sich zugleich in sonnen/honiggelbem Farbton mit einem Nebelfunken darin.

Seine ganze Gestalt und sein Auftreten mochte auf den ersten Blick wie das eines hart arbeitenden Bauern sein, der tagtäglich sein Bestes gab, um die Ernte im Herbst einfahren zu können.

Stillschweigend stand er da, sagte nichts, bewegte sich nicht, sondern blickte sie nur mit einem eigenartigen Ausdruck in den Augen an, der viel verhieß und doch nichts versprach.

Jeden Eindruck erzählte sie Heynrich, obwohl sie ihn nicht sah. Mitten darin veränderten sich die Worte, wandelte sich die Sprache zu etwas anderem, zu Altem, lange nicht mehr Gehörtem. Irgendwann begann sie zu zittern, bis sie eine kräftige Hand auf ihrer Schulter fühlte und ein Säuseln, das in ihrem Inneren verklang.

Knirschen durchdrang ihren Leib und sie fühlte ihr Herz heilen. Der Gehörnte stand vor ihr, seine Lippen formten ein Lächeln, seine Augen leuchteten. In ihr erklang ein weiterer Herzschlag, der nicht ident zu ihrem war. Nach wie vor umfingen sie Nebelschwaden, griffen klamme Nebelfinger nach ihr und schenkten Geborgenheit. Im Hintergrund erklangen weibliche Stimmen, sprachen sanfte Klänge, deren Bedeutung sie nicht verstand, bis der Nebel den Gelbäugigen umwallte und ihn verschluckte.

æ har glæ við, þar wunjo keys Ma."

Sprache vor Harfenklängen intoniert, brachte den Nebel zum Pulsieren, griff nach den getrennten Herzen, die litten.
Getrennt durch die Zeiten hindurch.
Prüfend.
Bewertend.
Nicht länger verwehrend.

Wie der Gelbäugige trat eine weibliche Gestalt aus dem Nebel hervor, gekleidet in einerschalenfarbenes Weiß und deren Kleid sich zu Nebelschwaden wandelte. Ihre dunklen Haare schimmerten im nicht vorhandenen Sternenlicht und vereinten sich mit der Dunkelheit hinter ihrem Haupt. Sie trug einen Kranz aus sattgrünen Blättern, rote Beeren bildeten farbige Tupfer.

Mutter Zeit hielt inne, verharrte, schwieg und sah vor sich die Herzen der beiden verschmolzenen Liebenden, berührte erst das eine, dann das andere.
„Schlaft meine Kinder, schlaft!"

In diesem Moment fühlte Heynrich durch die Zeitenebenen hindurch einen Stich im Herzen.

Der Gelbäugige sank zu Boden, schloss die Augen und merkte nicht, wie das Moos ihn über die Jahre hinweg langsam überzog. Es nahm ihn auf, machte ihn zum Teil der Natur, manch beschützende Wurzel legte sich über ihn, um ihn zu verbergen, bis es keinen Unterschied mehr machte zwischen ihm und dem Umfeld. Wenn er träumte, strich der Nebel über die Welten, träumend von der Seele, die ihn rief - bis sie sich selbst vergaß. Er jedoch verblieb in seinen Träumen wach und behütete sie, so gut er dies vermochte.

Das andere schlagende Herz vergaß und blieb doch in Erinnerungen gefangen.

„Wieso?" Wollte es fragen und vermochte es nicht.
„Schlafe und heile!", klang es in ihr nach. So schlief sie ein. Vallorys Hand sank auf ihren Schoß, während ihre Augen schwer wurden. Seit langem schlief sie das erste Mal wieder ruhig und friedlich.
Heynrich begriff.
Sachte strich er der jungen Frau über die schweißnasse Stirn, bevor er den Raum verließ und Oury ansah.

„Ich kenne das Mittel zu ihrer Heilung."
„Was hat sie?"
„Es geht ihr soweit gut, aber sie braucht Schlaf. Viel Schlaf! Und macht Euch keine Sorgen, es wird ihr bald wieder besser gehen!"
„Sie schwärmte von Euch als heilsamen Geist. Könnt Ihr ihr wirklich helfen?"

Für einen Moment hielt Heynrich inne und sah Oury in die Augen, erkannte Sorge um seine Liebste darin und meinte schlicht: „Ja!"

Schon wollte er gehen, als er sich noch einmal zu Oury umdrehte und meinte: „Es wird ihr bald besser gehen. Um den Rest kümmere ich mich!"
„Und was soll ich tun?"
„Seid da, wenn sie erwacht!"

Mit diesen Worten ließ er den Hausherrn stehen, schnappte sich seinen Übermantel und verließ das Gebäude. Darauf vertrauend, dass seinen Worten Folge geleistet wurde, eilte er flotten Schrittes voran. Bis er den Hausherrn keuchend hinter sich nacheilen hörte und schlagartig stehen blieb.

„Wohin wollt Ihr? Ich sagte Euch, bleibt bei Eurer Frau!"

Antwort erhielt er keine, nur dass Heynrich erneut seinen Schritt beschleunigte und in Richtung eines Hügels eilte, wo er sich ins Gras setzte und das Haus betrachten konnte. Schweigend setzte sich der Hausherr neben ihn. Oury fröstelte leicht, was Heynrich getrost ignorierte.

Lange saßen sie stumm nebeneinander, bis der Geistliche meinte: „Wann wart Ihr zuletzt an diesem Flecken und habt Euer eigenes Heim betrachtet?"

Antwort war Schweigen, bis Oury karg antwortete: „Als Kind!"
„Werft jetzt einen Blick hinab, was spürt Ihr?"
„Nichts!"
„Seht hinab. Seht Euch das Gemäuer an. Alte Bauten werden den Menschen, die darin wohnen ähnlicher, werden älter, setzen Mucken an und bekommen Altersbeschwerden. Manche Gebäude nehmen etwas auf, das so manch einer als Geistererscheinung betrachtet. Seid Ihr dem Spiritismus zugeneigt?"
„Nein. Das ist Humbug!"
„Und doch steckt ein wahrer Kern darin. Seht die Dinge wie ein leeres Blatt Papier, auf dem Ihr mit Tinte etwas aufzumalen in der Lage seid. Ihr könnt es nur löschen, indem Ihr das Papier schlussendlich verbrennt. Und doch sind es genau diese Ecken und Kanten, warum wir manche Gemäuer doch auch mögen!"
„Was wollt Ihr mir sagen?" Verwirrung klang durch Ourys Worte hindurch.
„Vallory hat eine Gabe, die sie selbst nicht kennt. Ich nahm sie als Kind in meine Obhut, um ihr zu helfen, damit umzugehen. Sie wurde stark und nutzt sie manchmal unbewusst. Sie hätte daran zerbrechen können. Sie ist feinfühliger als die meisten. Einst wurden Menschen wie sie geachtet und geschätzt,

manchmal auch gefürchtet. Ihr habt eine kluge, herzensgute Frau an Eurer Seite, die von etwas geplagt wird!"

„Was meint Ihr?"

„Gibt es etwas, das in diesen Gemäuern geschah, das einen Schatten bis heute werfen könnte?"

„Ich verstehe nicht!"

„Tiefer Schmerz in der einen oder anderen Weise kann als Schatten verbleiben, den ein Mensch wie Vallory spürt. Was ist in diesen Mauern geschehen?"

Schweigen folgte als Antwort.

„Ihr kennt die Antwort!"

„Eine alte Geschichte, um ein auseinandergerissenes Paar. Doch das ist ein altes Märchen. Nichts weiter!"

„Märchen haben einen wahren Kern, erzählt!"

„Es gibt nicht viel zu erzählen, als dass vor vielen Jahren, noch lange vor meiner eigenen Geburt, eine junge Frau von ihrem eigenen Bruder in den Keller eingemauert wurde, bis sie dort unglücklich verstarb. Sie liebte auf unstatthafte Weise einen Fremden, dessen man nie habhaft werden konnte. Man sagt, er stünde in den Nebeln und würde noch heute nach ihr rufen! Doch mehr gibt es nicht dazu zu sagen!"

„Beruht diese Geschichte auf einer wahren Begebenheit?"

„Es ist ein Ammenmärchen. In keiner Generation bisher konnte etwas Derartiges wirklich nachgewiesen werden."

„Und doch besitzen Geschichten stets einen wahren Kern!"

„Es ist doch nur ein Märchen und eine Leiche wurde nie gefunden!"

„Dann wäre es doch an der Zeit der Sache auf dem Grund zu gehen."

Heynrich stand auf, klopfte sich ein paar Flusen von der Kleidung. Er hörte ein Raunen durch die Blätter gehen, ein kühler Hauch im Nacken, als würde ihm jemand in denselben pusten, schloss die Augen und lauschte, bis er beschloss, er lag nicht so verkehrt.

Wolken zogen vor die Sonne, begannen das Gebäude mit ihrem Schattenspiel zu überziehen. Kühle zog auf. Raunen wandelte sich zum Klagelaut, das sich über die gesamte Insel zog und schlussendlich in seinem Ohr verebbte.

Im gleichen Atemzug spürte er Lachen, Tanz, Lust und überbordende Lebensfreude, die in Leidenschaft mündete. In seinem Ohr klangen sachte Worte, die ihn aufforderten, das Rätsel zu lösen. Indessen schwang hinter der Fröhlichkeit etwas mit, das auf den ersten Blick nicht zu erkennen war. Hörte er durch die Töne hindurch, schrammte eine deutlich wahrnehmbare Dissonanz mit. Die Missklänge zerrten an seinem Ohr, sanft aber doch mit Bestimmtheit.

Oury zitterte vor Kälte und ließ deutlich spüren, dass es ihn zurück ins Gebäude zog.
Heynrich sah nun Oury wieder an und meinte: „Ihr müsst ehrlich sein! Was ist an diesem Märchen wahr?"
„Ich weiß es nicht!"
„Doch!"
„Was soll ich Euch denn sagen? Dass ich als Kind versuchte sie zu finden? Dass ich gerne von hier weggegangen wäre aber doch blieb? Was wollt Ihr hören?"
„Die Wahrheit! Wir wissen nicht immer, wozu etwas gut ist, das wir tun. Vallory sollte Eure Gemahlin werden – vielleicht um Euch genau diesen Schlüssel zu geben. Nicht immer sind die Schlüssel zur Wahrheit jene, die wir glauben, dass sie sein mögen. Manchmal kommen sie in einem gänzlich anderen Kleid daher."
„Wie meint Ihr das?"
„In alten Geschichten steckt viel Wahrheit und Ihr wisst dies. Wo soll, nach den Märchen, die Frau denn sein?"

„In den Kellern, doch dort ist nichts!"

„Nicht im Offensichtlichen!"

„Nun, dann sollten wir uns darum kümmern, meint Ihr nicht?"

„Was wollt Ihr denn tun? Es ist doch nur ein Märchen!"

Nun sah ihn Heynrich an, schüttelte den Kopf und ging wieder Richtung Haus, wo er schnurstracks in Richtung des Kellers wanderte und sich dort umsah. Vorräte und verstaubter Hausrat lagen herum.

„Fær ðu nan!" Flüsterte Heynrich so leise, dass nicht einmal die empfindsamsten Ohren dies mitbekommen würden. Er spürte, horchte in sich und sein Umfeld hinein und deutete dann auf eine Stelle im irgendwo.

„Dort!"

Nach einer Spitzhacke greifend, hieb Heynrich gegen die Mauer, die unter seinen Schwüngen nachzugeben begann. Ein Hohlraum lag dahinter. Schmerz und Trauer schwappten einer Woge gleich nach draußen.

„Leuchtet hinein!" Drückte dem Hausherrn eine Kerze in die Hand und dieser tat, wie ihm geheißen. Kreidebleich ließ dieser die Kerze fallen und eilte die Treppen hinauf. Allein zurück, blickte Heynrich in den Hohlraum und erblickte eine kleine Lücke hinaus ins Freie, nicht viel größer als ein Loch, das eine Maus bohren würde. In sich verkrümmt ruhte ein alter, knochiger Körper, ausgetrocknet, einer Mumie gleich. Knochen schimmerten an einer Stelle durch, verstaubte Teller mit Essensresten lagen neben dem Leib. Unendlich Trauer erfüllte den Raum mit Unsäglichem.

„Nein, du ruhst hier falsch!"

Mehrere Schläge gegen die Wand ermöglichten ihm den Zugriff zur Toten, zog ihren Leib aus der Kammer und schlug sie in ein Tuch ein, bevor er sie nach oben trug. Federleicht hatte sie kaum noch Eigengewicht.

„Nehmt eine Schaufel und folgt mir!", fauchte er Oury an, der kreidebleich neben der Kellerpforte stand. Mit der Leiche im Arm stieg er zu jener Lichtung hinauf, wo die beiden Liebenden vereint das Jahr begrüßt hatten. Gemeinsam schaufelten sie ein Grab, wo er die Tote hinein bettete.

Als die Erde auf dem toten Körper ruhte, stellte sich Heynrich davor und betete, horchte in sich hinein und lauschte nach außen.

Der Moment, als die letzten Worte seine Lippen verließen, blickte er in den Wald hinein und sah zwei Schemen, die sich an den Händen hielten. Eine Woge der Dankbarkeit überflutete ihn und er wußte, Vallory würde jetzt ihre Ruhe finden.

eidenweich schmiegten sich die Erinnerungen an sein Herz und ließ ihn dezent lächeln. Zarte Grübchen tauchten an seinen Mundwinkeln auf und schenkten ihm etwas Charmantes, das er gekonnt einzusetzen wusste.

Lange hatte er nicht mehr an diese Begegnung gedacht, viele Jahre waren verstrichen. Selbst nach all der Zeit spürte er den Hauch der Dankbarkeit, die ihm einst entgegengebracht worden war. Hatte er nicht vor einigen Wochen vermeint, den Gelbäugigen zwischen Bäumen stehen zu sehen, wie er ihn beobachtete?

Mehr fühlend als sehend, hatte Heynrich den Eindruck erhalten, dass Vallory nach wie vor in seiner Nähe war, ihre zarte Hand auf die gröbere des Gelbäugigen gelegt und schützend über die Kinder der Natur wachte.

Er fühlte sie lächeln und wusste, er hatte Recht gehandelt.

Bisher in der Reihe erschienen:

Heynrich: Schatten über Freyhausen

1639 - die Zeit der Hochblüte der Hexenverfolgung und der lodernden Scheiterhaufe

Der Weltuntergang scheint zum Greifen nahe. Weit abseits der Kriegswirren dienen die Nonnen des Klosters Freyhausen in Demut und Bescheidenheit. Zumindest scheint es so. Auf Bitten der Äbtissin Hedwig macht Heynrich seine Aufwartung als Gesandter der Heiligen Inquisition. Sein Eintreffen ist keinen Moment zu früh, längst haben dämonische Einflüsse ihre Klauen nach den Nonnen ausgestreckt. In der Abgeschiedenheit der Klostergemeinschaft gärt es.

Taschenbuch: 184 Seiten

Verlag: BOD – Books on Demand; Auflage 1 (28. Juni 2019)
ISBN-10: 3743159120
ISBN-13: 978-3743159129

Des Lebens süßer Nektar

Nach vielen Jahren trifft Heynrich erneut auf die ehemalige Nonne Agnes. Eingekerkert wartet sie im Kerker von Zwettl auf den Mönch und bittet ihn um Hilfe. Diesmal muss er sich als Detektiv beweisen und hinter die wahren Abgründe blicken.

Taschenbuch: 248 Seiten

Verlag: BOD – Books on Demand; Auflage 1 (31. März 2020)
ISBN-10: 3750487669
ISBN-13: 978-3750487666